Si alza il vento

novel

Tatsuo Hori

Si alza il vento

Titolo originale: Kaze Tachinu

Illustrazione di copertina di Sara Fabrizi
Traduzione dal giapponese di Anna Specchio

Collana NOVEL
Prima edizione: aprile 2014
Kappalab – Via Poledrelli 21, 44121 Ferrara
info@kappalab.it
www.kappalab.it
www.facebook.com/kappalabedizioni
ISBN: 978-88-98002-62-7

“Le vent se lève, il faut tenter de vivre”
(Si alza il vento, bisogna tentare di vivere)

Paul Valéry

PRELUDIO

In quei giorni d'estate ero sempre al tuo fianco, sdraiato all'ombra di una betulla bianca mentre tu, assorta nella pittura, restavi in piedi al centro del prato ammantato di erba *susuki*. La sera, finito il lavoro, ti avvicinavi a me e insieme ci posavamo reciprocamente una mano sulla spalla per fissare in lontananza la linea dell'orizzonte, nascosta dai cumulonembi avvolti nel rosso crepuscolare. Allora, al calar del buio, ci sembrava che qualcosa proveniente dalla parte opposta iniziasse a prender vita…

Uno di quei pomeriggi, con l'autunno ormai alle porte, lasciato il tuo quadro sul cavalletto, mangiavamo frutta coricati all'ombra della solita betulla bianca. Nuvole come granelli di sabbia scivolavano nel cielo. Poi all'improvviso, dal nulla si alzò il vento. Tra le foglie dell'albero sopra di noi iniziarono a ondeggiare macchie color indaco. Si allargavano, poi si restringevano. Quasi contemporaneamente il tonfo di qualcosa che cadeva tra i cespugli arrivò alle nostre orecchie. Sembrava il rumore del quadro che avevamo lasciato proprio lì, caduto insieme al cavalletto. Subito ti alzasti per raggiungerlo, ma per non perdere l'attimo ti trattenni. Non volevo che ti allontanassi da me. Ti presi, e tu mi lasciasti fare.

Si alza il vento, bisogna tentare di vivere.

Quel verso era involontariamente scivolato dalla mia bocca. Lo ripetei a me stesso abbracciando le tue spalle, che in me avevano trovato un appoggio. Quando ti sciogliesti dal mio abbraccio, raggiungesti la tela non ancora asciutta sulla quale si erano incollate foglie e fili d'erba, difficili da togliere con la piccola spatola per i colori anche una volta riposizionata sul cavalletto.
Poi ti rivolgesti verso di me: – Oh, se mio padre ci sorprendesse in questo momento…
Il tuo sorriso era ambiguo.
– Mio padre sarà qui in due o tre giorni – dicesti tutt'a un tratto una mattina, durante una passeggiata tra i boschi. Preso dallo scontento, rimasi in silenzio.
– Quindi non potremo più fare queste passeggiate – continuasti, questa volta a voce bassa.
– Qualsiasi passeggiata si può fare, basta volerlo.
Ancora visibilmente dispiaciuto, sentivo il tuo sguardo velato d'apprensione poggiarsi su di me, anche se lo stormire delle fronde in cima agli alberi sembrava voler catturare la tua attenzione.
– Mio padre non vuole allontanarsi da me.
– Per cui, dobbiamo dirci addio?

La mia espressione doveva apparire contrariata quando infine ti ho rivolto lo sguardo.
– Non abbiamo altra scelta.
Chiuso il discorso, avevi cercato di mostrarti sorridente, ma il pallore che in quel momento tingeva il tuo volto, fino alle labbra, era indescrivibile. Come mai eri cambiata così? Eppure sembravi affidarti a me in tutto e per tutto… Ero stanco di pensare, e salire quello stretto sentiero di montagna pieno di radici mi era sempre più difficile. Lo stesso valeva per tenere il tuo passo. Lasciai che mi precedessi. Visti da lì, gli alberi sembravano un fitto insieme di verde. L'aria era fredda, e qua e là si vedevano i piccoli ruscelli che erano riusciti ad aprirsi un varco. Fu proprio lì che quel pensiero attraversò la mia mente. Ma certo! Come ti eri mostrata tanto dolce e arrendevole a me, quell'estate in cui il caso ci aveva fatto incontrare, così ti mostravi con tuo padre, anzi, è proprio a tuo padre e al suo continuo sorvegliarti che avevi genuinamente affidato tutta te stessa… Non era forse così?
"Setsuko" dissi fra me e me, "se sei davvero così, mi piaci ancora di più. Quando mi sarò sistemato verrò a chiederti in moglie, ma promettimi che fino a quel momento rimarrai con tuo padre".
Come per ottenere il tuo consenso, però, ti afferrai improvvisamente la mano. E di nuovo, mi lasciasti fare. Mano nella mano, ci fermammo davanti a uno dei corsi d'acqua. Ai nostri piedi, punti di luce illuminavano le felci del sottobosco, dopo aver penetrato a fatica gli arbusti e gli innumerevoli rami che ne ostacolavano il passaggio. Iniziò a soffiare una dolce brezza. Il nostro

animo era languido mentre in silenzio osservavamo quel paesaggio.
Due o tre giorni dopo, una sera ti notai voltata di spalle mentre in mensa cenavi con tuo padre. Era venuto a prenderti. Il portamento che, forse inconsciamente, assumevi al suo fianco, ti rendeva ai miei occhi un'estranea. "E se adesso la chiamassi?" pensai tra me e me. Ma ero sicuro che avresti fatto finta di niente, come se a pronunciare il tuo nome non fossi stato io.
Di ritorno da una passeggiata solitaria, quella sera stessa decisi di attraversare il cortile dell'albergo. Non c'era nessuno, ma dando un'occhiata alle finestre notai che la luce era ancora accesa in due o tre camere. Nell'aria si sentiva il profumo dei gigli selvatici, e iniziava a calare la nebbia. Come spaventate dal suo arrivo, poi, le luci si spensero una dopo l'altra, e quando l'albergo fu completamente al buio ecco il debole rumore dell'aprirsi di una finestra. Guardai in quella direzione, e vidi che una giovane ragazza con indosso una camicia da notte color rosa pallido si era affacciata.
Eri tu.
Ricordo ancora con chiarezza quella felice atmosfera così simile alla malinconia che, giorno dopo giorno dalla vostra partenza, aveva stretto il mio cuore.
Iniziai a trascorrere le mie giornate chiuso in albergo, sorprendendomi serenamente assorto in quel lavoro che per lungo tempo avevo tralasciato per dedicarmi a te.
Col passare delle stagioni arrivò finalmente anche il giorno prima della mia partenza. Dopo tanto tempo, uscii per una passeggiata. L'autunno aveva reso irrico-

noscibile l'interno del bosco, e tra gli alberi quasi spogli si scorgeva in lontananza una villa disabitata. L'odore umido dei funghi si confondeva con quello delle foglie secche. Che strano. Non mi ero accorto che fosse passato così tanto tempo dal nostro addio… Da qualche parte dentro di me ero convinto che la nostra fosse una separazione momentanea, ecco perché quel cambiare delle stagioni mi era così inaspettato. Per me iniziò ad assumere un significato nuovo, del tutto diverso. Percepivo il tutto vagamente, ma fui in grado di rendermene conto poco dopo.

Una decina di minuti più tardi, degli alberi non c'era più traccia e al loro posto si era aperta tutt'a un tratto una vasta distesa che si estendeva in lontananza fino all'orizzonte. Mi ritrovai nel prato ricoperto di *susuki*. Decisi di stendermi all'ombra della betulla ormai ingiallita, nello stesso posto di quell'estate, e cercai di immaginarti al mio fianco immersa nella pittura. Quei giorni l'orizzonte era sempre coperto dai cumulonembi, ma ora potevo distinguere chiaramente a una a una tutte le bianche punte di quelle spighe che dolcemente danzavano al vento per confondersi in lontananza, fino alle montagne. Non riuscivo a staccare gli occhi da quei monti, e mentre cercavo a tutti i costi di memorizzarne i contorni, poco a poco iniziai a prendere coscienza di quello che per anni era rimasto nascosto dentro di me, dei doni che la natura mi aveva riservato e che adesso vedevo con certezza.

PRIMAVERA

Era marzo. Durante una delle mie solite passeggiate senza meta passai davanti alla casa di Setsuko. Superato il cancello, riconobbi subito tra i cespugli suo padre con indosso un cappello di paglia simile a quello dei braccianti e in mano un paio di forbici. Stava curando le siepi lì a fianco. Come un bambino mi avvicinai aprendo una strada tra i rami. Mentre scambiavamo due parole, osservai con occhi curiosi il suo lavoro. Immerso tra i cespugli, vidi dei piccoli puntini bianchi brillare qui e là sopra i rametti: sembravano tutti boccioli.

– In questo periodo sembra star meglio – mi disse all'improvviso guardandomi dritto in faccia. Parlava di Setsuko, con la quale mi ero appena fidanzato.

– Quando farà più caldo vorrei provare a farle cambiare aria, che cosa ne pensi?

– Mi sembra una buona idea – risposi farfugliando. La mia attenzione era ancora catturata dal brillare di uno di quei boccioli.

– È da un po' che indago sulla questione, ma non riesco a trovare un luogo adatto – continuò lui, ignorandomi. – Setsuko dice di non sapere come sia il Sanatorio F, ma mi pare di capire che tu conosca il direttore sanitario, non è vero?

Risposi di sì, ma la mia mente era ancora concentrata sul bocciolo bianco. Ero finalmente riuscito ad afferrarlo.

– Allora, dimmi, secondo te è possibile andarci da soli?

– Mi pare che tutti ci vadano da soli.

– E lei, potrebbe andarci?

I lineamenti sul suo volto lasciavano intendere che qualcosa lo stava turbando, eppure continuò a non rivolgermi lo sguardo, finché con le forbici tagliò il ramo davanti ai miei occhi. In quel momento capii di dover lasciar perdere il mio capriccio e dirgli quello che pensavo e che lui si aspettava da me.

– Potrebbe, andandoci con me. Sono certo che per allora sarò libero dalla cosa a cui sto lavorando.

Lasciai delicatamente il bocciolo, e vidi brillare la luce nei suoi occhi.

– Di certo sarebbe la soluzione migliore, ma mi dispiacerebbe se ti sentissi obbligato.

– Al contrario. Probabilmente tra le montagne potrei lavorare ancora meglio…

Iniziammo a parlare della regione alpina in cui si trovava il sanatorio, ma senza accorgercene la conversazione deviò sulle piante che il padre stava curando, come se fossero proprio quelle discussioni sconclusionate ad alimentare la nostra reciproca simpatia.

– Setsuko si sarà alzata? – domandai dopo un po'.

– Suppongo di sì. Va' pure a trovarla, non preoccuparti di me. Ecco, da quella parte – e con le forbici fra le dita mi indicò la porta di legno in fondo al giardino.

Attraversate le siepi e il giardino, giunsi alla porta di legno. Era ricoperta di edera rampicante. Dopo averla aperta, non senza qualche difficoltà, mi trovai subito nella stanza che fino a poco tempo prima era stata usata come studio e che adesso era diventata una camera di degenza isolata. Mi avvicinai. Setsuko sembrava sapere del mio arrivo, ma non poteva aspettarsi il mio ingresso dal cortile. Coricata su una panca, giocava con un cappello da signora decorato con un fiocchetto. Non glielo avevo mai visto prima. Sulla camicia da notte indossava un *haori* dalle tinte chiare. Avevo notato la sua figura attraverso la porta-finestra, e quando iniziai ad avvicinarmi anche lei sembrò riconoscermi. Accennò istintivamente ad alzarsi, ma, non riuscendoci, rimase sdraiata e si voltò verso di me con un sorriso imbarazzato.

– Sei in piedi? – le chiesi ancora sulla porta, togliendomi bruscamente le scarpe.

– Ho cercato di stare un po' in piedi, ma mi sono stancata subito.

Dalla sua voce trapelò un opprimente senso di fatica. Lanciò di getto il cappello con cui stava giocherellando verso la vicina toeletta, ma questo cadde sul pavimento prima di raggiungerla. Anche le sue mani erano prive di forze. Mi avvicinai per raccoglierlo, chinandomi al punto da sfiorare col volto la punta dei suoi piedi, e iniziai a maneggiare il cappello nello stesso modo in cui aveva fatto lei.

– Che ci facevi con questo?
– L'ha comprato ieri mio padre, sciocсamente… Non sappiamo neanche se un giorno arriverò a indossarlo. È ridicolo, non trovate?
– L'ha scelto tuo padre? Ha davvero buon gusto. Via, provalo! – le dissi, e quasi per gioco cercai di fargliełlo indossare.
– Smettetela! – rispose, e come infastidita sollevò il busto per evitarlo, ma quel comportamento trovò subito scusa in un sorriso. Poi, con la mano pallida, iniziò ad aggiustarsi i capelli come se si fosse improvvisamente ricordata di quanto fossero arruffati. Quel gesto così spontaneo e naturale, terribilmente femminile e colmo di sensualità, fece arrestare il mio respiro, e per un momento ebbi l'impressione di essere il destinatario di tali carezze. Senza indugio, dovetti distogliere lo sguardo.
Posai quindi il cappello sulla toeletta, ma restai in silenzio e con lo sguardo fisso altrove, fingendomi assorto in altri pensieri.
– Ve la siete presa? – mi domandò tutt'a un tratto. Poi mi fissò con aria apprensiva.
– No – risposi in modo inopinato, rivolgendo infine lo sguardo verso di lei. – Poco fa ho parlato con tuo padre. Mi ha detto della tua intenzione di recarti in un sanatorio. È la verità?
– Sì, ma anche così facendo non ho la certezza di quando mi rimetterò. Se sapessi di poter guarire presto andrei ovunque, ma…
– Cosa ti prende? Che cosa vuoi dire?
– Niente.

– Niente va bene, ma prova a dirlo… O proprio non vuoi, è forse così? Vuoi che sia io a dirlo? Cosa ne diresti se venissi insieme a te?
– Non si tratta di questo – cercò di interrompermi svelta, ma senza farmi distrarre dalle sue parole continuai il mio discorso, facendomi questa volta più serio nei toni.
– Potrai raccomandarmi di non accompagnarti, ma verrò ugualmente, perché è quello che mi sento di fare, perché sono preoccupato per la tua salute. Ho sempre sognato di poter vivere da qualche parte tra le montagne solitarie insieme a una graziosa fanciulla come te, anche prima di conoscerti. Ti avevo mai confidato questo mio desiderio? Ma certo… Ricordi quella conversazione sulla baita, in cui mi chiedevo se noi due avremmo potuto vivere tra i monti? Quella volta avevi riso innocentemente alle mie parole, eppure ho l'impressione che qualcosa di questo discorso ti stia inconsciamente commuovendo, dal momento che la tua volontà è quella di andare in un sanatorio… Non è così, forse?
Setsuko aveva ascoltato in silenzio, sforzandosi di mostrarsi sorridente.
– Davvero, non lo ricordo – disse risoluta. Mi guardò, mentre dagli occhi fissi sulla mia persona sembrarono trapelare pietà e comprensione.
– Talvolta avete davvero dei pensieri assurdi…
Poco dopo, come se nulla tra noi fosse accaduto, ci ritrovammo uniti oltre la porta-finestra a contemplare i vapori primaverili che si levavano dal terreno, saliti dal prato già verdeggiante.

* * *

Ad aprile Setsuko sembrò entrare in convalescenza. Ma più questa procedeva a rilento, più ogni passo impaziente verso la guarigione ci appariva come il segno tangibile di una promessa inesprimibile. Un pomeriggio andai a farle visita dopo che suo padre fu uscito, e la trovai sola e di buon umore nella camera di degenza, uno stato d'animo straordinario che aveva tradotto indossando sopra il suo abito da notte un'insolita blusa azzurrina. Quel giorno soffiava una brezza delicata e piacevole, e vedendola così non potei fare a meno di trascinarla verso il giardino. Rise alla mia proposta tradendo la sua sfiducia, ma subito acconsentì. Si fece avanti aggrappata alle mie spalle, e dopo i primi passi incerti poggiò, seppur con un po' di esitazione, i piedi sul prato.

Camminammo lungo la siepe, e nell'insieme di rami creato da piante anche esotiche di varia natura, impossibili da distinguere, ci avvicinammo a un rigoglioso cespuglio evidentemente non curato, ancora ricco di piccoli boccioli bianchi e violetti. Fermo davanti a uno di essi mi tornò in mente quando, credo l'autunno precedente, Setsuko me ne aveva indicato il nome.

– Questo è un lillà, vero? – chiesi quasi interrogandola e voltandomi verso di lei.

– Non ne sono sicura – rispose con aria dispiaciuta, senza staccare le mani delicatamente appoggiate alle mie spalle.

– Oh, allora la tua era una bugia!

– Non racconto bugie, l'ho sentito dire e l'ho preso per buono. Tuttavia non è un fiore molto gradevole.

– Cosa? E lo confessi ora, che è nel mezzo della fioritura?
Poi mi girai verso un cespuglio lì accanto, e lo indicai.
– E quello che cos'è?
– Una ginestra – replicò lei.
Ci avvicinammo entrambi.
– Questa è un'autentica ginestra. Guardate, ha due tipi di boccioli, gialli e bianchi. Pare che i bianchi siano una rarità, infatti per mio padre rappresentano un vanto.
Incantata o rapita che fosse da quella futile conversazione, Setsuko sembrava aver dimenticato la stanchezza, sebbene non abbandonasse mai le mie spalle. Per un po' restammo in silenzio, come se così facendo avessimo potuto congelare quell'istante di vita, fresca come il profumo dei boccioli. Dalle siepi soffiarono gentili raffiche di vento, intervallate come respiri soffocati; fecero appena oscillare le foglie dinanzi a noi, per poi dileguarsi lasciandoci soli, immuni al loro passaggio.
Senza preavviso, Setsuko nascose il viso tra le mani, ancora appoggiate sulle mie spalle. Il cuore le batteva più forte.
– Sei stanca? – le chiesi dolcemente.
– No – rispose lei con voce debole, ma riuscii a sentire il peso leggero del suo corpo sulla mia schiena.
– Sono così debole, sono mortificata per voi… – bisbigliò.
Sapevo che l'avrebbe detto.
– Perché non capisci che invece è proprio la tua fragilità a farmi innamorare ancora di più? – le dissi gridando dal profondo del mio cuore.
Setsuko finse indifferenza, e come sorda alle mie parole rimase immobile finché di colpo alzò il viso per voltarsi, e a poco a poco lasciò andare le mie spalle.

– Come mai negli ultimi tempi mi sono tanto indebolita? Eppure non ho mai pensato quanto grave fosse la malattia... – sussurrò con un filo di voce, rivolta più che altro a se stessa. Il silenzio si prolungò, a causa di quelle parole. Dopo avermi fissato per un attimo, Setsuko eclissò nuovamente il volto.

– Tutt'a un tratto io... voglio vivere.

Questa volta il tono era più alto, ma subito aggiunse qualcosa in maniera appena percettibile.

– Ed è grazie a voi...

* * *

I giorni trascorsero all'insegna del tipo di felicità che esiste prima della vita stessa. Eravamo più vivi della vita, vivi al punto da esserne afflitti, tanto che il verso di quella poesia improvvisamente sfuggito dalle mie labbra l'estate di due anni prima, e che amavo ripetere a me stesso, tornò improvvisamente tra noi.

Si alza il vento, bisogna tentare di vivere.

Fino a quel momento sembravamo averlo dimenticato. Eravamo intenti nei preparativi per recarci al sanatorio ai piedi del monte Yatsugatake, dove saremmo andati alla fine del mese. Decisi che prima del soggiorno di Setsuko avrei chiesto al direttore sanitario un consulto sul suo stato di salute. Era un mio conoscente, e di tanto in tanto veniva fino a Tokyo. Così un giorno venne a casa di Setsuko, che si trovava in periferia.

– Non è niente di grave – ci disse dopo la visita, – le basterà riposare pazientemente un anno o due tra le montagne.
Ci salutò di fretta con quelle parole, così decisi di accompagnarlo fino alla stazione. Volevo che almeno a me dicesse la verità sul suo stato di salute.
– Va bene, ma ti chiedo di non dire nulla alla paziente. Anche se immagino che suo padre vorrà presto sapere qualcosa di più.
Dopo quell'osservazione, il direttore sanitario s'incupì e prese a spiegarmi nel dettaglio le condizioni di salute di Setsuko. Lo ascoltai rimanendo in silenzio e, quando alla fine non fui in grado di aprir bocca, lui mi fissò con aria compassionevole.
– Sei pallido, ragazzo. Stai bene? Sarà meglio che visiti anche te.
Tornato dalla stazione entrai nella camera di degenza e vidi il padre di Setsuko ancora seduto al suo fianco che stilava per lei il calendario preliminare alla partenza e sbrigava altri preparativi. Anch'io, seppure ancora sconvolto, venni trascinato nel discorso.
– Bene… – disse suo padre alzandosi in piedi come se si fosse improvvisamente ricordato di un impegno. – Dal momento che stai migliorando, basterà un soggiorno estivo, non credi? – commentò con aria dubbiosa e lasciò la stanza.
Tra me e Setsuko, rimasti soli, calò il silenzio. Era una piacevole serata primaverile. Sentivo il mal di testa incalzare e, senza disturbare Setsuko, mi alzai in direzione della porta di vetro. Aprii un'anta a metà e mi appoggiai.

Per un po' rimasi con lo sguardo fisso nel vuoto. Le siepi erano ricoperte da una leggera foschia, e nell'aria sentivo il profumo di chissà quali fiori. Era buono.

– Che cosa fate?

La debole voce di Setsuko dietro di me mi svegliò di colpo da quello stato di *trance*.

Continuai a darle le spalle e, assumendo un tono impostato, come se fossi preso da altri pensieri, le risposi con voce rotta.

– Penso a te, alla montagna, e poi alla nostra vita laggiù…

Nel dirlo ebbi l'impressione di stare davvero pensando a quelle cose ora. E in effetti, ci stavo pensando.

– Una volta laggiù, ogni giorno sarà una sorpresa… Dovremo affidarci al destino, proprio come fai sempre tu. Solo così facendo i nostri desideri potranno essere appagati, persino al di sopra delle nostre aspettative.

Mentre pensavo a quelle cose fui colto dalla sottile impressione che in fondo tutto fosse vano. Sebbene fuori in giardino sembrasse essere ancora chiaro, mi accorsi che dentro alla stanza si era fatto buio.

– Accendo la luce? – chiesi d'un tratto per tirarmi su il morale.

– Vi chiedo di aspettare ancora un momento…

La voce di Setsuko era più che mai afona. Ancora una volta, restammo per un po' senza parlare.

– Ho difficoltà a respirare, l'odore delle piante è troppo forte…

– Bene, allora chiuderò l'anta – e per rispondere alla sua richiesta usai un tono malinconico, poi impugnai la maniglia della porta per chiuderla.

– Voi… – questa volta la sua voce sembrava indifferente, – Stavate forse piangendo?

Fui sorpreso dalla sua domanda, e d'istinto mi voltai verso di lei.

– Piangendo? Proprio no, guardami!

Ma Setsuko non accennò a voltarsi nella mia direzione, e rimase sdraiata nel suo letto. Ebbi l'impressione che stesse fissando un punto, ma il buio non permetteva di capirlo con certezza. Preoccupato, cercai di seguire il suo sguardo col mio. Era perso nel vuoto.

– L'ho capito, sapete… Il direttore sanitario deve avervi detto qualcosa…

La mia volontà di rispondere fu frenata dall'incapacità della bocca di pronunciare qualsiasi parola. Chiusi la porta con cura, e di nuovo rimasi incantato alla vista del giardino illuminato dal tramonto. Poco dopo sentii dietro di me i profondi sospiri di Setsuko.

– Scusatemi – disse alla fine con voce tremante. Ma sembrava più calma di prima.

– Vi prego di non farci caso… Viviamo, viviamo davvero finché ci è concesso.

Mi voltai e scorsi le dita con cui Setsuko, in silenzio, si stava asciugando le lacrime.

* * *

Una nuvolosa mattina di fine aprile il padre di Setsuko ci accompagnò fino alla stazione. Salimmo su un compartimento *nitoushitsu* del treno diretto verso la regione montuosa, raggianti di felicità come se stessimo partendo per la luna di miele. Il treno iniziò ad allontanarsi lentamente, lasciando indietro il binario e il padre di Setsuko che, intento a salutarci con naturalezza, ci sembrò improvvisamente un vecchio con la schiena lievemente incurvata. Una volta lontani chiudemmo il finestrino, e con aria tutt'a un tratto malinconica, ci sedemmo in un angolo vuoto del compartimento. Il contatto fra nostre ginocchia sembrava voler tentare di scaldare i nostri cuori.

SI ALZA IL VENTO

Il nostro treno salì su per le montagne, correndo lungo profonde valli e attraversando distesi altipiani dove, quando meno ce l'aspettavamo, si aprivano di colpo immensi vigneti finché, durante quell'insistente e interminabile arrampicata, il cielo ci sembrò più vicino e tutti i nuvoloni neri che finora ne avevano ostruito la vista e che sembravano incombere su di noi, iniziarono a dileguarsi senza che ce ne accorgessimo. Anche l'aria andava facendosi più fredda. Tirai su il colletto della giacca e osservai preoccupato Setsuko, avvolta nello scialle con gli occhi chiusi. Nonostante la situazione, nella sua espressione lessi più entusiasmo che stanchezza. Ogni tanto apriva gli occhi ispezionando fugacemente nella mia direzione. All'inizio del viaggio cercare lo sguardo dell'altro era equivalso allo scambiarci sorrisi, ma ora che eravamo in prossimità della nostra fermata, il guardarsi l'un l'altro corrispondeva al restituirci le ansie reciproche. L'unica soluzione fu evitarci.

– Adesso fa davvero freddo. Dite che nevicherà? – chiese lei chiudendo di nuovo gli occhi.
– Vuoi che nevichi ad aprile?
– Oh, non escludo che in questa zona non succeda.
Intorno alle tre del pomeriggio la mia attenzione fu richiamata fuori dal finestrino: era già completamente buio. Abeti sporadici si intervallavano a numerosi larici giapponesi privi di foglie, il che mi fece rendere conto di essere già sullo Yatsugatake, sebbene davanti ai miei occhi niente avesse la forma di una montagna. Il treno si fermò a una piccola stazione non troppo dissimile da un fienile. Ad aspettarci c'era un vecchio inserviente con indosso uno *happi* che riportava lo stemma del sanatorio alpino. Camminammo fino alla vecchia macchina, un'automobile di piccola misura, parcheggiata di fronte alla stazione, Setsuko appoggiata al mio braccio. Sentivo il suo passo instabile, ma finsi di non accorgermene.
– Sei stanca, vero?
– No, state tranquillo.
Insieme a noi scesero altre persone, tutte apparentemente del luogo, i cui bisbigli raggiunsero le mie orecchie durante la salita in auto per confondersi poco dopo con le voci degli altri abitanti e sparire fra le vie.
Attraversato un paesino composto da una fila di piccole case malridotte, giungemmo su un ripido pendio accidentato, immenso al punto da sembrare estendersi fino a raggiungere il crinale ancora nascosto dello Yatsugatake, fino a quando davanti ai nostri occhi comparvero un enorme edificio col tetto rosso e le sue ali, circondati da alberi e immersi nel verde.

– Dev'essere quello – sussurrai. Il mio corpo s'era spostato seguendo l'inclinazione della carrozzeria della macchina. Setsuko alzò lo sguardo e si limitò a guardare la costruzione con sguardo apprensivo.

Arrivati al sanatorio fummo introdotti nella prima stanza al secondo piano del reparto distaccato sul retro. Appena alle nostre spalle c'era un bosco. Dopo una semplice visita medica, a Setsuko fu ordinato di sdraiarsi immediatamente sul letto. Il pavimento in linoleum, il letto, il tavolo e le sedie, tutto in quella camera era stato completamente tinto di bianco, fatta eccezione per le nostre valigie, appena portate dall'inserviente.
Una volta soli, per un po' rimasi sull'attenti perlustrando per ogni dove la camera o avvicinandomi ripetutamente alla finestra, come se l'unica cosa a interessarmi fossero le condizioni atmosferiche. In effetti, non pensai a sistemarmi nella camera accanto, predisposta appositamente per l'accompagnatore, dall'aspetto decisamente angusto e disagevole. In ogni modo, fuori il vento sembrava aver spazzato via quei nuvoloni neri. Sentivo un rumore penetrante e sottile giungere a intervalli dagli alberi dietro di noi. Mi coprii per non prendere freddo e uscii sul balcone. Quando mi resi conto che si trattava di un'unica balconata priva di separatori che arrivava fino alle camere dirimpetto, iniziai a percorrerlo con la scusa di essere l'unico in piedi lì fuori. Arrivato alla camera numero quattro, però, mi resi conto che la porta finestra era aperta per metà. Sbirciai al suo interno: vidi un paziente sdraiato sul letto. Corsi subito indietro verso la mia stanza.

Finalmente accesero le luci, e l'infermiera incaricata ci portò la cena. Avevamo desiderato e lungamente atteso l'essere l'uno di fronte all'altra, nel nostro primo pasto insieme, eppure tra me e Setsuko sembrava essere calato un velo di tristezza, accompagnato da un senso di solitudine. Tutto intorno a noi era avvolto dalla quiete, e presto iniziarono a cadere dei fiocchi di neve.

Mi alzai per socchiudere la finestra che avevamo lasciato aperta per metà, e con l'intenzione di guardare quel lento nevicare appiccicai la faccia al vetro, che si appannò al mio respiro.

– Allora, che cosa ne pensi? – chiesi girandomi verso Setsuko. Lei senza alzarsi dal letto si limitò a farmi cenno con l'indice di non parlare.

* * *

Il sanatorio e le sue ali affacciavano verso sud, ai piedi dello Yatsugatake, dove l'inclinazione del pendio della montagna, ricoperto da sfumature ramate, si faceva più morbido. Anche le abitazioni dei villaggi sottostanti seguivano quella pendenza, che continuava fino a perdersi tra una foresta di pini neri per scomparire all'interno di una valle. La balconata meridionale del sanatorio dominava quel paesaggio: da lì, i tetti e i terreni agricoli inclinati apparivano come un mare arrugginito circondato da infiniti filari di pini, e nei giorni di cielo sereno si potevano vedere spuntare fra le nuvole le vette di alcune montagne delle Alpi meridionali, che si estendevano da sud verso ovest.

Al mio risveglio, il mattino seguente il nostro arrivo, la finestra della mia camera si era trasformata in un quadro raffigurante il cielo color indaco e le bianche vette delle montagne, simili alla cresta di un galletto, come cime improvvisamente spuntate dall'atmosfera davanti ai miei occhi.

Sdraiato, non potevo vedere né la balconata né i tetti delle case, ma tutto dava a pensare che la neve accumulata durante la notte stesse lentamente evaporando ai raggi di quel sole inaspettatamente primaverile.

Data la tarda ora del mio risveglio, mi alzai di fretta per precipitarmi nella camera a fianco. Setsuko, già sveglia, era avvolta nelle coperte con l'aria di chi si crogiola nel tepore.

– Buongiorno.

Anch'io nel salutarla sentii salire il calore alla faccia.

– Hai dormito bene?

Fece cenno di sì con la testa.

– Ieri sera ho preso un sonnifero, e ora sento un leggero mal di testa.

Come se la cosa non mi riguardasse, aprii la finestra e la porta di vetro che dava sulla balconata. Per un attimo quella bianca luce mi abbagliò la vista, poi, poco a poco, i miei occhi si abituarono alla neve che aveva sepolto il balcone, i tetti, i campi e perfino gli alberi, e stava ora liberando un leggero vapore nell'aria.

– Per di più, ho fatto uno strano sogno.

Alle mie spalle, la sua voce suonò lieve come sempre, e capii che stava per rivelarmi qualcosa di difficile da confidare. Quella volta fui io a girarmi verso di lei e farle cenno con il dito di non parlare.

Poco dopo, sentimmo la capoinfermiera arrivare a passi veloci. Era una donna dall'aspetto gentile che ogni mattina si recava in visita a tutti i pazienti, spostandosi da una stanza all'altra.

– Avete dormito bene questa notte?

Lo chiedeva sempre con voce allegra. E i pazienti annuivano dolcemente, senza dir nulla.

* * *

La vita quotidiana, confinata all'interno di un sanatorio immerso tra le montagne, porta con sé una dignità umana speciale, generata dalla credenza delle persone comuni che si tratti di un soggiorno senza ritorno. Mi era del tutto sconosciuta, ma iniziai a percepirla quando poco dopo il nostro arrivo fui chiamato nella stanza delle visite dal direttore sanitario e lui mi fece vedere le radiografie di Setsuko. Mi aveva accompagnato vicino alla finestra e aveva esposto i negativi delle radiografie in maniera tale che anch'io potessi vederli in trasparenza, spiegandomeli uno a uno. Riuscii chiaramente a distinguere alcune costole della sua cassa toracica, quelle nella parte destra. Il loro bianco spiccava nelle radiografie, ma lo stesso non si poteva dire di quelle nella parte sinistra, oscurate da una strana massa nera, simile a un fiore. Era il focolaio.

– È più esteso di quanto pensassi. Non credevo si fosse aggravato tanto. Attualmente, potrebbe essere la seconda in ordine di gravità tra i nostri pazienti.

Le parole del direttore sanitario stridettero nella mia testa, rendendomi incapace di pensare.

Quando uscii dalla stanza, solo la fresca immagine di quello strano fiore nero e quelle parole erano vivide sulla soglia della mia coscienza, ben distinte come se appartenessero a due mondi paralleli. Le infermiere nelle loro divise bianche, i pazienti nudi che qua e là prendevano il sole sulla balconata, il brusio proveniente dai vari reparti e il cinguettio degli uccelli scorrevano al mio fianco senza sfiorarmi.
Decisi che sarei andato nel reparto più distaccato, ma nell'istante in cui feci per salire le scale diretto al secondo piano, dove si trovavano le nostre stanze, i miei piedi si fermarono automaticamente. Avevo sentito tossire dalla camera di fronte alla scala del primo piano. Si trattava di una tosse secca, diversa da quelle che avevo sentito finora, interminabile e tanto strana da far provare disgusto. Non sapevo che ci fossero pazienti anche qui. Mi limitai a fissare con aria assente il numero 17 scritto su quella porta.

* * *

Così ebbe inizio la nostra bizzarra vita amorosa.
A Setsuko era stato ordinato di riposare sin dall'arrivo nel sanatorio, e vederla sempre coricata la faceva apparire ai miei occhi più malata di quanto non sembrasse prima del ricovero, quando poteva invece alzarsi a piacimento. Eppure non si sarebbe mai detto che la malattia era peggiorata. Anche i dottori sembravano prendersi cura di lei come di una paziente in via di guarigione. "Abbiamo in pugno la malattia!", scherzavano sempre il direttore sanitario e i suoi colleghi.

Le stagioni iniziarono a susseguirsi rapidamente, come per riprendere quel lento scorrere che le aveva caratterizzate finora. La primavera e l'estate avanzarono insieme come una sola entità. Ogni mattina era il canto degli usignoli e degli altri uccelli di bosco a svegliarci.
Durante il giorno, il verde degli alberi che circondavano il sanatorio sembrava assalire l'edificio fino a penetrare nelle camere di degenza, regalando colore e una nuova freschezza. In quei giorni, le nuvole che al mattino sbucavano dalle montagne davano l'impressione di passeggiare nel cielo per far ritorno oltralpe verso sera.
Quando ripenso ai primi giorni trascorsi insieme, passati sempre al capezzale di Setsuko, ho l'impressione che ognuno assomigliasse a quello precedente e a quello successivo, e che il loro fascino si sia ridotto nel tempo a un'unica unità, al punto da non permettermi più di distinguere quale fosse il primo e quale l'ultimo. Anzi, nel ripetersi di quei giorni così simili, Setsuko e io potevamo addirittura definirci come due unità separate dallo scorrere del tempo. Ed è proprio in quella dimensione che ogni singola cosa nella nostra vita quotidiana, anche quella più insignificante, aveva preso una nuova attrattiva, completamente diversa e reinventata. La sua presenza così vicina, mite e gradevolmente fragrante, il suo respiro forse veloce, le sue morbide mani che avvolgono le mie, il suo sorriso e le nostre conversazioni quotidiane: erano davvero solo questi gli ingredienti delle nostre giornate, e senza di loro di quei giorni non resterebbe più niente. Eppure eravamo felici, soddisfatti di quella vita fatta di piccole cose; certo, sapevo di esserlo solo perché al fianco di quella donna.

L'unico evento che caratterizzava quei giorni era la febbre sporadica di Setsuko, tale da farle perdere ogni forza. Quando le saliva, provavamo ad assaporare il fascino del nostro solito programma quotidiano, con la calma e la lentezza di chi di nascosto sta assaggiando il frutto proibito. È proprio in quei momenti che potevamo conservare a pieno la nostra felicità in una vita che sapeva di morte.
Una di quelle sere, Setsuko e io rimanemmo incantati a osservare il tramonto. Dal balcone io e dal letto lei, contemplammo i raggi dell'ultimo sole nascondersi dietro le montagne e tingere di un rosso vivace tutte le cime, le colline, le pinete e i terreni agricoli circostanti, invadendo e progressivamente scacciando quel grigio quasi indefinito che fino a poco prima li aveva caratterizzati. Stormi di uccellini, a turni, si alzarono in volo tracciando parabole sopra il bosco vicino.
Pensai che afferrare quell'immagine di bellezza, generata da un solo istante in una sera di inizio estate, sarebbe stato impossibile persino per noi, poiché tutto faceva ormai parte dell'abitudine di cui i nostri animi traboccavano di felicità. Eppure, immaginavo che se un giorno avessi ripensato a questo tramonto meraviglioso, avrei tracciato un quadro della nostra felicità dipinta nella sua perfezione.
– A che cosa state pensando?
Alle mie spalle, Setsuko aveva finalmente interrotto il silenzio.
– Mi chiedevo quanto sarà bello, un giorno, ripensare alla nostra vita di adesso.

– Chissà, forse avete ragione – rispose lei, come felice di darmi il proprio consenso. Poi, di nuovo, restammo per un po' senza parlare, immobili a fissare nuovamente lo stesso panorama. Nel mentre, fui sorpreso dall'incredibile quanto incoerente sensazione di non essere più me stesso, che sfociò in una terribile paura. In quel momento, ebbi come l'impressione di sentire un respiro profondo alle mie spalle, che sembrava essere il mio. Mi girai verso Setsuko per verificare cosa stesse succedendo.
– Così... – si interruppe Setsuko, contraccambiando il mio sguardo. Nella sua voce c'era esitazione, ma subito riprese con un nuovo tono, lontano da quello basso che la aveva contraddistinta fino a quel momento, e aggiunse: – Oh, come sarebbe bello se potessimo vivere così per sempre...
– Ancora! – sbottai a bassa voce, decisamente scocciato.
– Scusatemi – rispose brevemente lei, e distolse lo sguardo.
A poco a poco, quel sentimento che non ero in grado di comprendere iniziò a trasformarsi in evidente esasperazione. Portai ancora una volta lo sguardo in direzione delle montagne, ma l'estemporanea quanto insolita bellezza offerta dal paesaggio se n'era già andata.
Quella sera, quando feci per andare a dormire nella camera adiacente, Setsuko chiamò il mio nome.
– Scusatemi per prima.
– Non importa.
– A dire il vero, intendevo tutt'altra cosa, ma dalla bocca mi sono uscite quelle parole.
– E cosa avresti voluto dire?
– ...una volta avete detto che la natura si rivela davvero

meravigliosa solo agli occhi di chi sta per andare incontro alla morte… E prima me ne sono ricordata. Non so perché, ma è in quei termini che ho pensato alla bellezza di quel momento…

I suoi occhi sembrarono lanciarmi un disperato appello, e a quelle parole sentii il dolore trafiggermi il cuore al punto che dovetti abbassare lo sguardo. In quell'attimo, un pensiero attraversò la mia mente. Finalmente avevo risolto l'enigma e chiarito la natura di quell'insolito malumore che mi aveva fatto perdere la pazienza. Come avevo fatto a non accorgermi di lei? Non ero io a pensare quanto fosse bello lo spettacolo offerto dalla natura in quel momento. Eravamo *noi*. Era Setsuko, e quella era la sua visione. Il suo spirito aveva potuto vedere quella bellezza attraverso i miei occhi riproducendola secondo i miei gusti. E mentre io godevo egoisticamente di quello spettacolo pensando al nostro futuro, lei stava probabilmente vedendo il suo ultimo momento…

In men che non si dica, tutte quelle congetture iniziarono a vagare nella mia mente, e quando alzai lo sguardo notai che gli occhi di Setsuko non avevano smesso di invocare la mia comprensione. Non riuscii più a guardarla, ed evitando il suo sguardo mi chinai sulla sua testa per baciarla delicatamente sulla fronte. Stavo sprofondando nella vergogna…

* * *

Alla fine arrivò anche l'estate. Rispetto a quello della pianura, il caldo tra le montagne fu davvero insopportabile. Come in fervore, le cicale che abitavano il bosco ceduo dietro il sanatorio cantavano ininterrottamente dal mattino alla sera. Con la finestra aperta potevamo sentire l'odore della resina diffondersi nell'aria.

La sera molti pazienti si facevano trascinare col letto sulla balconata per prendere un po' d'aria fresca. Dal loro numero, ci rendemmo conto che i malati in cura al sanatorio erano aumentati. Ciononostante, Setsuko e io continuammo a condurre la nostra vita a due senza dar retta a nessun altro.

In quel periodo Setsuko aveva perso l'appetito a causa del caldo, e spesso la notte non riusciva a prendere sonno. Cercavo in tutti i modi di proteggerla almeno durante il riposo pomeridiano, prestando ancora più attenzione al rumore dei passi proveniente dal corridoio o agli insetti come le api, le vespe e i tafani che entravano dalla finestra; persino al mio stesso respiro, involontariamente più profondo a causa dell'afa. Cercavo di trattenerlo, mentre appoggiato al guanciale di Setsuko ne vegliavo il sonno. Così facendo, anch'io ero vicino all'addormentarmi. Da lì potevo sentire distintamente il battito del suo cuore e percepirne i cambiamenti. Accelerava, poi rallentava. Persino il mio cuore prese il ritmo del suo. Di tanto in tanto, sembrava come assalita da una lieve dispnea. In quei momenti le sue mani si agitavano incontrollate, finché non faceva per portarsele alla gola come per attenuare il dolore. Mi chiedevo se fosse in preda a un sogno o se dovessi svegliarla, ma la sua crisi sembrava sempre avere termine durante la mia esitazione, e in poco tempo tornava a rilassarsi. Allora mi sentivo inconsciamente sollevato, perché il suo respiro sereno trasmetteva un senso di conforto che giungeva fino a me. E quando alla fine si risvegliava e mi guardava con gli occhi ancora assonnati, ero solito darle un bacio sui capelli.

– Siete sempre stato qui?

– Sì, ma anch'io ho chiuso gli occhi ogni tanto.

Quelle sere, convinto che non mi sarei addormentato, avevo inconsciamente preso a imitare quel gesto di avvicinare le mani alla gola tenendola stretta. Quando poi me ne accorgevo, provavo davvero difficoltà a respirare. Eppure, in quel dolore provavo un certo piacere.

– Ultimamente avete un brutto colorito – disse Setsuko. Quel giorno Setsuko aveva preso a fissarmi più del solito. – Vi siete passato qualcosa sul viso?

– No, niente – risposi felice delle sue domande. – Perché, non sono sempre così?

– Forse sarà a causa dello stare sempre al capezzale di una persona malata... Dovreste concedervi una passeggiata ogni tanto, non credete?

– Con questo caldo mi passa la voglia. Certo, la sera è meglio, ma fa buio pesto... E poi faccio sempre su e giù dentro l'ospedale.

Per evitare di portare avanti quel discorso, presi a camminare ogni giorno ovunque per i corridoi dell'ospedale e a intrattenere conversazioni anche con altri pazienti. Ebbi così il piacere di sentire i racconti delle altre persone ricoverate, come quelle dei ragazzini che, al pari degli scommettitori a una corsa di cavalli, si radunavano sulla balconata per guardare le nuvole nel cielo e associarle per la forma ad animali, puntando sulla più veloce, o quella dell'inquietante spilungone colpito da un grave esaurimento nervoso, che quotidianamente vagava avanti e indietro per i corridoi aggrappato al braccio di un'infermiera. In ogni modo, avevo sempre evitato di parlare del paziente ricoverato nella stanza numero 17; non l'avevo mai visto in faccia, ma ogni volta che passavo davanti alla sua porta potevo sentire il raccapricciante lamento della sua tosse. Credo si trattasse del caso più grave presente nel sanatorio.

Le mie notti in bianco continuarono nonostante agosto stesse volgendo al termine. Durante una di quelle sentii un gran baccano provenire dal piano inferiore dell'altro edificio. Eppure le nove, l'ora in cui solitamente si andava a dormire, erano passate da un pezzo. Poi, uno dopo l'altro, si udirono i passi veloci di qualcuno scendere le scale, quindi le grida soffocate delle infermiere confuse tra lo sferragliare degli attrezzi. Restai per un po' in preda all'inquietudine, tendendo le orecchie a quella confusione. Quando tutto sembrò essersi calmato, il silenzio si trasformò in lievi mormorii che andarono diffondendosi quasi contemporaneamente per tutti gli edifici, fino a raggiungere le camere sotto le nostre.
Avevo capito che si stava scatenando una tempesta per il sanatorio. Drizzai le orecchie e andai subito nella camera accanto dove, nonostante le luci spente, probabilmente anche Setsuko era ancora sveglia. La trovai stesa nella stessa posizione in cui l'avevo lasciata. Rimasi fisso e immobile in attesa che quella tempesta si placasse.

Quando in piena notte tutto sembrò essersi calmato, mi rilassai e scivolai nel sonno, ma due o tre colpi di tosse nervosa che Setsuko aveva invano cercato di soffocare mi svegliarono di colpo. Volai nella camera accanto, dove trovai la malata con gli occhi spalancati in cerca della mia presenza. Da sola doveva essersi impaurita, così mi avvicinai a lei senza dire una parola.

– Sto bene – disse a voce quasi impercettibile e sforzandosi di sorridere. Mi sedetti sul bordo del letto.

– Restate qui – mi chiese, più timorosa del solito. In quel modo, trascorremmo le ultime ore della notte svegli, in attesa che il cielo schiarisse.

Lo svanire dell'estate ci sorprese due o tre giorni dopo.

* * *

A settembre una serie di violenti temporali si susseguì quasi senza tregua. A causa della pioggia insistente, le foglie degli alberi marcivano ancora prima di poter cadere. Anche le finestre delle camere, una dopo l'altra, andarono chiudendosi lasciando il sanatorio al buio. Talvolta si sentivano le porte sbattere al vento, mentre dal bosco si torcevano rumori monotoni e pesanti. Nei giorni senza vento eravamo soliti ascoltare il rumore della pioggia che cadeva attraverso il tetto sul balcone.

Una mattina presto, con la pioggia ridotta a una nebbia indistinta, mi trovai a scrutare dalla finestra il lungo e stretto cortile interno sul quale dava la balconata. Sembrava avvolto nella penombra. Al che, vidi un'infermiera arrivare dalla parte opposta del cortile e raccogliere crisantemi selvatici, cosmee e tutti i fiori che le capitavano sottomano, progredendo verso l'edificio. Riconobbi in lei l'infermiera personale della stanza numero 17. Che fosse morto il paziente dalla tosse inquietante? Continuai a osservarla, mentre, forse in preda all'agitazione, proseguiva la sua caccia ai fiori sotto la pioggia.

Di colpo, sentii come stringermi il petto.

– Dunque il malato più grave era lui… E ora che è morto… Chi sarà il prossimo? Oh, vorrei che il direttore sanitario non mi avesse mai detto quelle cose…

L'infermiera sparì all'ombra del balcone dopo aver raccolto un bel mazzo, ma non riuscii a staccarmi dalla finestra. Ero come perso nel vuoto.

– Che cosa guardate di così interessante? – chiese Setsuko dal letto.

– C'era un'infermiera, in cortile. Stava raccogliendo dei fiori sotto la pioggia, e mi chiedevo chi potesse essere – biascicai, quasi parlando tra me e me. Finalmente mi allontanai dalla finestra.

Quel giorno non riuscii a guardarla negli occhi. Avevo chiara la situazione ma ero costretto a fingere ignoranza, e ogni volta che sentivo il suo sguardo penetrante su di me, il dolore che provavo diveniva più forte. Trovavo intollerabile il fatto che, nonostante avessimo iniziato ad abbracciare le stesse paure e preoccupazioni, i nostri pensieri fossero ora separati.

Dovevo dimenticare al più presto quello che era successo, eppure non riuscii a pensare ad altro. Anzi, per finire mi era persino tornato alla mente il racconto dello strano sogno che Setsuko aveva fatto durante la prima notte di neve dopo il nostro arrivo nel sanatorio, lo stesso sogno nefasto che all'inizio non avevo voluto farmi raccontare, ma che col passare del tempo ero riuscito a strapparle di bocca.

Credevo di averlo rimosso.

In quello strano sogno, il corpo esanime di Setsuko giaceva in una bara trasportata da alcune persone che, dopo avere attraversato un campo, marciavano perdendosi all'interno di un bosco. Nonostante la vita l'avesse abbandonata, però, dall'interno della bara Setsuko poteva chiaramente distinguere i campi spogli e gli abeti anneriti tipici dell'inverno, sentendo il fischiare del vento sopra le cime degli alberi giungere fino alle proprie orecchie.

Al risveglio, il fruscio dei rami aveva risuonato ancora distintamente all'interno delle sue orecchie congelate.

I giorni di pioggia nebbiosa continuarono, e passò un'altra stagione.

Ci rendemmo conto che, uno a uno, i tanti pazienti ospiti fino a quel momento avevano lasciato il sanatorio, dove erano rimasti solo i malati più gravi costretti a trascorrervi l'inverno. Si era tornati alla stessa tristezza che aveva preceduto l'estate, subito accentuata dalla scomparsa del paziente che aveva occupato la stanza numero 17.

Una mattina di fine settembre guardavo in direzione del bosco dietro l'edificio attraverso una finestra del lato nord del corridoio, quando ebbi la strana impressione che qualcuno nella nebbia stesse facendo avanti e indietro tra gli alberi. Mi rivolsi alle infermiere, ma caddero dalle nuvole. Così me ne dimenticai, ma il mattino seguente vidi le sagome di due o tre manovali comparire e scomparire tra la nebbia, nel tentativo di abbattere gli alberi a fianco della collinetta, presumibilmente dei castagni. Quel giorno venni a sapere quanto accaduto la giornata precedente, ma nessuno dei pazienti sembrava esserne al corrente. A quanto pare, l'inquietante spilungone colpito da esaurimento nervoso aveva deciso di porre fine ai suoi giorni impiccandosi tra gli alberi. A ben pensarci, nonostante quell'uomo avesse l'abitudine di fare avanti e indietro per i corridoi con l'infermiera e lo si incrociasse più volte al giorno, mi ero accorto della sua improvvisa assenza dalle scene dal giorno prima.

Era il suo turno, pensai. La morte del paziente della camera numero 17 mi aveva reso irrequieto, ma l'inaspettata scomparsa dello spilungone a neanche una settimana di distanza mi aveva sorprendentemente fatto sciogliere la tensione. Ero rilassato al punto da non sentire pienamente neanche l'orrore che dovevo certamente aver percepito a quella morte atroce.

"Ma certo… Anche se ci era stato detto di essere il caso più grave dopo il tizio che è morto l'altro giorno, non è detto che tutti debbano per forza avere la stessa sorte", dissi tra me e me.

Gli addetti ai lavori avevano abbattuto due o tre castagni lasciando uno spazio vuoto, e successivamente avevano iniziato a spianare la collinetta trasportando il terreno grazie a una ripida inclinazione che scendeva fino allo spazio aperto lungo il lato settentrionale dell'edificio, iniziando da una lieve pendenza. Avrebbero costruito un'aiuola.

* * *

– C'è una lettera da parte di suo padre.

L'infermiera passò a Setsuko una busta fra quelle che teneva in mano. Lei la prese senza alzarsi dal letto, e con gli occhi di una ragazzina in fervore iniziò a leggerla.

– Mio padre dice che mi farà visita!

In effetti, nella lettera c'era scritto che avrebbe presto fatto un salto al sanatorio, approfittando del viaggio di ritorno dal luogo in cui si trovava.

Era una serena quanto ventosa mattina di ottobre. Nonostante negli ultimi tempi avesse perso l'appetito a causa dello stare costantemente coricata e fosse diventata evidentemente più emaciata, da quel giorno Setsuko si era impegnata per mangiare, alzarsi, o restare seduta sul letto. Di tanto in tanto, piccole risate come pensieri fugaci le accendevano il volto. Riconobbi gli stessi sorrisi innocenti che da ragazzina era solita esibire davanti al padre. La lasciai fare.

Suo padre arrivò pochi pomeriggi dopo.

Il suo viso era visibilmente invecchiato, ma quello che colpiva maggiormente era la schiena, ancora più incurvata. Sembrava spaventato dall'atmosfera del ricovero. Entrava nella camera di degenza e subito sedeva accanto al guanciale della figlia, dov'ero solito stare io. Forse perché negli ultimi giorni aveva esagerato nel muover-

si, dalla sera prima Setsuko aveva la febbre e i dottori, togliendole ogni speranza, le avevano ordinato di stare a riposo sin dal mattino. Vedendola in quello stato, suo padre sembrò in apprensione: era convinto che la malattia di Setsuko stesse ormai volgendo alla guarigione. Come per cercare la causa del suo stato, iniziò a ispezionare la stanza fino nei minimi particolari, a osservare i movimenti delle infermiere, e infine si affacciò dal balcone per l'ultima indagine. Dopotutto sembrava appagato. Nel frattempo, le guance di Setsuko si erano tinte di rosa più per la febbre che per l'emozione, ma nel guardare il volto della figlia sembrò convincersi che quello fosse un bel colorito e che lei stesse in qualche modo migliorando.
Inventai una scusa per uscire dalla stanza e lasciarli soli. Poi, dopo un po', rientrai e vidi suo padre seduto sul letto della malata. Sulla coperta c'erano sparpagliati la scatola di dolci e altri involucri di regali che le aveva portato. Erano tutte cose per cui Setsuko perdeva la testa da adolescente, e che il padre sembrava convinto le piacessero tuttora. Nel vedermi, arrossì come una giovane ragazzina colta in flagrante durante una marachella e subito riordinò i regali per tornare a sdraiarsi. Un po' in imbarazzo, mi appollaiai sulla sedia accanto alla finestra, lontano da padre e figlia che, interrotti dal mio arrivo, continuarono a bassa voce il loro discorso, incentrato per lo più su fatti e persone a me sconosciuti. Tra questi, uno in particolare sembrò commuovere Setsuko. Li osservavo dialogare come un critico d'arte contempla un dipinto. Nelle espressioni e nell'intona-

zione della voce che mostrava al padre, riconobbi più che mai lo scintillio di una ragazzina. Quell'aria così felice e infantile mi trasportò nel mondo preadolescenziale di Setsuko, mostrandomela come non l'avevo mai conosciuta.

Poco dopo, quando fummo soli nella stanza, mi avvicinai e le sussurrai all'orecchio, a mo' di burla:

– Oggi sembri una ragazzina, non ti riconosco.

– Non dite sciocchezze.

E con un raffinato gesto da signorina si coprì il volto con la mano.

* * *

Suo padre rimase per due giorni.

Prima della partenza gli feci da Cicerone per il sanatorio. Il mio scopo era quello di avere una conversazione a due. Il cielo era azzurro e privo di nubi. Anche quando gli mostrai il paesaggio e gli indicai i pendii ramati dello Yatsugatake, quel giorno ben visibili, il padre non sembrò dargli troppa importanza, e dopo aver alzato gli occhi per gettare uno sguardo fugace in quella direzione continuò tutto preso il suo discorso.

– Ho come l'impressione che questo posto non stia giovando alla sua salute. Ormai è ricoverata qui da più di un anno e mezzo, ma le sue condizioni non accennano a migliorare…

– Certo, ma l'estate scorsa c'è stato brutto tempo ovunque, no? E poi dicono che sia l'inverno la stagione migliore per stare fra le montagne in un sanatorio come questo.

– Allora forse dovremo pazientare fino all'inverno… Però non sono sicuro di riuscirci.
– Eppure Setsuko mi sembra intenzionata a rimanere.
Perché il padre non riusciva a comprendere quanta felicità ci circondasse in quell'isolamento montano? Poi pensai a tutti i sacrifici che stava facendo per permetterci quel soggiorno, e non riuscii a domandarglielo. Continuai il nostro dialogo sconnesso.
– E tu, potrai restare con lei fino all'inverno?
– È ovvio.
– Non so davvero come ringraziarti… Dimmi, stai riuscendo a lavorare?
– No.
– Non dovresti curarti solo di lei, ma anche un po' del tuo lavoro.
– Ma sì, d'ora in avanti farò qualcosa – balbettai.
Aveva ragione.
Da troppo tempo avevo abbandonato il mio lavoro. Dovevo riprendere al più presto. A quei pensieri, mi sentii traboccare di emozioni. In silenzio, ci fermammo per un po' sulla collina. Dall'alto vedemmo gli innumerevoli cirrocumuli che arrivavano da ovest iniziare a sparpagliarsi rapidamente per il cielo.
Di lì a poco facemmo ritorno al sanatorio passando attraverso il bosco sul retro, ormai completamente ingiallito. Anche quel giorno gli operai stavano livellando il terreno. Passammo accanto a loro.
– Ho sentito dire che qui faranno un'aiuola – dissi distrattamente.

La sera accompagnai il padre alla stazione, e al mio ritorno trovai Setsuko girata su un fianco sul letto. La tosse la soffocava. Non aveva mai tossito come quella volta. Aspettai che la crisi si placasse un poco.
– Come ti senti? – le chiesi.
– Non è niente... Mi è passata subito – fu la breve risposta di Setsuko. – Portatemi dell'acqua.
Versai l'acqua della caraffa in un bicchiere e glielo portai alla bocca. Lo bevve tutto d'un sorso, e per poco sembrò tranquilla, ma la calma non ebbe lunga vita: una tosse ancora più forte l'assalì nuovamente.
Impotente, riuscii solo a saltare sul bordo del letto per chiederle cosa fare.
– Chiamo un'infermiera?
– ...
Anche quando l'attacco fu passato, il corpo di Setsuko sembrava torcersi dal dolore. Si coprì il volto con le mani, e mi fece cenno di sì con la testa.
Corsi a chiamare aiuto. Un'infermiera si precipitò nella stanza senza nemmeno curarsi della mia presenza, ma quando entrò e sorresse il suo corpo con entrambe le mani, l'espressione di Setsuko mutò, mostrandosi piuttosto serena. Restò con gli occhi spalancati sul vuoto. L'attacco di tosse sembrava essersi arrestato.
L'infermiera lasciò delicatamente andare il corpo di Setsuko.
– Si è placata... State ferma così per un po' – le consigliò, poi fece per sistemare le coperte scompigliate. – Le farò un'iniezione, torno subito.
Non sapendo dove andare, restai in piedi fuori dalla

porta. L'infermiera sussurrò al mio orecchio: – Con la tosse ha sputato un po' di sangue…

Tornai al suo capezzale.

Setsuko aveva gli occhi spalancati nel vuoto, ma sembrava assonnata. Mi avvicinai e liberai la sua pallida fronte dalle piccole ciocche arricciate. Era fredda e madida di sudore. La accarezzai dolcemente. E come se in quel gesto avesse riconosciuto il calore della mia presenza, per un istante un enigmatico sorriso si liberò sul suo volto.

* * *

Seguirono giorni di quiete assoluta.

Avevamo oscurato l'interno della stanza srotolando tutto l'avvolgibile color giallo della finestra. Anche le infermiere camminavano in punta dei piedi.

Trascorrevo la maggior parte del mio tempo al capezzale della malata, facendo anche le nottate. Alcune volte Setsuko sembrava come volermi dire qualcosa, ma subito le portavo il dito alla bocca facendole cenno di non parlare.

Quel silenzio ci trascinava nell'intimo dei nostri pensieri. Entrambi provavamo dolore all'idea dei pensieri dell'altro. Da parte mia, avvertivo chiaramente che in quell'episodio Setsuko si era sacrificata per me, e che in preda all'ossessione di quanto stesse cambiando davanti ai miei occhi, lei stessa provasse un forte risentimento, in quanto malata, per aver distrutto in un attimo con la sua sconsideratezza tutto quello che avevamo costruito

insieme passo dopo passo. Mi si stringeva il petto per come incolpava pietosamente se stessa e la sua sconsideratezza, anziché pensare all'accaduto come a un sacrificio. E mentre Setsuko ne scontava il prezzo naturale, fino al sacrificio, sdraiata in quello che avrebbe potuto trasformarsi nel suo letto di morte, mi convinsi che quel gesto ci fece provare la felicità sublime, la gioia di vivere che assaporavamo insieme. Ci avrebbe appagato per davvero? E se quella che noi credevamo essere la nostra felicità altro non fosse che un'effimera illusione frutto di un capriccio passeggero?
Stanco, nelle notti passate a fianco della malata sprofondata nel sonno, riandavo a quei pensieri tormentato dall'idea che qualcosa avrebbe presto ostacolato la nostra felicità.

La tensione svanì dopo una settimana.
Una mattina l'infermiera arrotolò l'avvolgibile aprendo un'anta della finestra. Penetrarono i luminosi raggi di sole autunnali.
– Si sta davvero bene oggi – disse Setsuko dal letto, come rinvigorita.
Con il giornale aperto al suo fianco, in quel momento pensai a quanto tutti i fatti capaci di sconvolgere le persone fossero nelle loro conseguenze remoti episodi appartenenti al passato. Poi, guardai la mia malata.
– Tuo padre è già stato qui, non è il caso di eccitarsi tanto – le dissi in tono scherzoso.
Setsuko arrossì leggermente, ma accettò la presa in giro.
– La prossima volta che verrà mi mostrerò indifferente.

– Se pensi di esserne in grado…
In quel modo riuscimmo finalmente a trovare una mutua consolazione, attribuendo infantilmente tutta la responsabilità al padre di Setsuko.
L'espediente tornò utile per rialzarci il morale e pensare a quell'evento come a un semplice incidente, e senza accorgercene riuscimmo a superare la crisi che ci aveva assalito mentalmente e fisicamente nell'ultima settimana. O almeno, così ci era sembrato.

Una sera, mentre stavo leggendo un libro a fianco di Setsuko, sentii l'impulso di chiuderlo e avvicinarmi alla finestra. Dopo una sosta riflessiva tornai accanto alla malata e ripresi la lettura.
– Che cosa vi è preso? – mi chiese lei alzando appena lo sguardo.
– Niente – risposi con ostentata indifferenza. Per alcuni istanti rimasi incollato al libro, poi ruppi il silenzio.
– Pensavo che dovrei mettermi a lavorare, perché da quando siamo qui non ho combinato molto.
– Avete ragione, dovete mettervi al lavoro. Anche mio padre era molto in pena per la questione.
La sua espressione era seria.
– Non dovete pensare solo a me.
– In realtà, io vorrei pensare ancora di più a te…
Proprio in quel momento mi balenò in testa l'idea per un romanzo, e inseguendola continuai a parlare fra me e me.
– Scriverò un romanzo che parli di te. Non potrei pensare a una storia diversa in questo momento. Racconterò della felicità che ogni giorno l'uno regala all'altro, della

gioia di vivere generata dal pensiero comune che questo sia un soggiorno senza ritorno, della nostra vita che nessuno conosce. Voglio dare una forma a tutte queste cose, renderle più tangibili, capisci?

– Sì – rispose subito lei, dando l'impressione di aver abbracciato la mia idea come se fosse stata sua.

Poi sorrise con una smorfia.

– Riguardo al parlare di me, scrivete pure quello che preferite – rispose quasi indifferente.

Presi le sue parole per sincere.

– Bene, scriverò secondo le mie preferenze allora. Ma stavolta dovrai aiutarmi parecchio.

– Pensate che possa riuscirci?

– Certo. Mentre sarò al lavoro, vorrei vederti felice, altrimenti…

Se ci avessi pensato da solo l'avrei fatto in maniera astratta, invece volevo che lo facessimo in due. Iniziai a camminare avanti e indietro per tutta la stanza, travolto dal pullulare di idee che una dopo l'altra stimolavano in maniera anomala la mia attività mentale, rendendola iperattiva.

– Ho paura che stare sempre al mio fianco non giovi alla vostra salute. Perché non vi concedete una passeggiata?

– Esatto, come se dovessi recarmi al lavoro – risposi convinto. I miei occhi brillarono. – Vado a fare due passi.

* * *

Uscii dal bosco. Davanti ai miei occhi, le pendici dello Yatsugatake sembravano estendersi all'infinito, oltre i

grandi fiumi e la foresta più lontana. In primo piano potevo riconoscere, quasi alla stessa altezza dei boschi, un piccolo villaggio e i suoi terreni agricoli che si distendevano in pendenza, e in quello scorcio riuscii a distinguere il sanatorio, che nel suo piccolo affermava la propria presenza grazie al colore rosso dei tetti dei suoi edifici.
Quel mattino ero uscito senza una meta vera e propria, e lasciandomi guidare dalle gambe avevo vagato per i boschi immerso nei miei pensieri. Poi, nell'istante in cui la piccola sagoma del sanatorio avvolta dalla limpida aria autunnale fece capolino davanti ai miei occhi, fui colto dalla sensazione di essermi improvvisamente risvegliato da un incantesimo. Per la prima volta potevo pensare con distacco alla bizzarra vita che nonostante tutto conducevamo naturalmente in quell'edificio, costantemente circondati da decine di malati. Quella vista stimolò la sete di produzione latente nel mio intimo, al che iniziai a convertire le nostre strane giornate in un racconto straordinariamente patetico quanto sereno.
"Setsuko, mai un amore come il nostro fu condiviso da due persone. Mai ci fu stata una te. Mai un me".
Per i miei sogni era un continuo oscillare tra lo scorrere veloce e lo stallo perpetuo degli avvenimenti intorno a noi. Quando mi allontanavo da lei, l'insopportabile distanza faceva sì che tornassi a parlarle e ascoltassi le sue risposte. La nostra storia sembrava infinita, come la vita stessa. Era iniziata senza che ce ne accorgessimo, generandosi e sviluppandosi senza il mio intervento. Capitava anche che mi lasciasse in un punto fermo. E proprio come se non desiderasse altro, stava già preme-

ditando la tragica morte della sua protagonista affetta da una malattia incurabile. Ma la giovane fanciulla aveva avuto una premonizione sulla fine del suo corpo mortale, e con tutte le flebili forze che le erano rimaste si era impegnata per vivere lietamente e in maniera nobile. E così, stretta al braccio del suo amore, sarebbe andata felicemente incontro alla morte, seppur in pena per quell'anima afflitta che avrebbe lasciato. Sì, potevo chiaramente vedere l'immagine di quella fanciulla come ritratta nel vuoto…

«*Nel tentativo di purificare il loro amore, l'uomo accompagna la fanciulla malata in un sanatorio fra le montagne. Ma quando la morte sembra incombere, l'uomo inizia a dubitare sulla felicità che sembravano aver conquistato, chiedendosi se rappresentasse il massimo di ciò che avrebbero potuto ottenere e se avesse davvero potuto soddisfarli. La fanciulla, per contro, va incontro alla dolorosa morte appagata e piena di gratitudine nei confronti dell'uomo che l'ha assistita con sincerità e dedizione fino al suo ultimo respiro. Al che, l'uomo, aiutato dalla nobiltà della defunta, arriva finalmente a credere nella loro modesta felicità…*».

Riuscii a visualizzare la fine del romanzo come se questa avesse aspettato che arrivassi fin qui per rivelarsi. Poi, di colpo, l'immagine della fanciulla in punto di morte mi colpì in tutta la sua imprevedibile violenza. E come brutalmente svegliato da un sogno, fui assalito da un'indescrivibile paura e dal senso di vergogna, tanto che per liberarmi di quella visione dovetti alzarmi di scatto dalle radici sui cui ero seduto.

Il sole era ormai alto nel cielo. Le montagne, i boschi, i villaggi, i terreni... Tutto sembrava fluttuare placidamente in quella mite giornata autunnale. Anche all'interno del lontano sanatorio, ognuno stava sicuramente seguendo la propria routine quotidiana. All'improvviso vidi l'immagine di Setsuko avvolta nella desolazione, sola in attesa del mio ritorno in mezzo a un mare di sconosciuti. Non potendo sopportare quella visione, iniziai a correre giù per i sentieri. Attraversato il bosco, feci ritorno al sanatorio. Deviai dal balcone, avvicinandomi alla camera più lontana. Setsuko era come sempre stesa sul letto. Intenta ad arricciarsi le ciocche dei capelli con le dita, non sembrò accorgersi della mia presenza. Il suo sguardo era perso nel vuoto. Abbandonata l'idea di bussare dal vetro, fissai immobile la sua figura. In quell'espressione assente, sembrava finalmente resistere alle sue paure. O forse quel suo atteggiamento era del tutto inconsapevole. In ogni modo, mi era del tutto sconosciuto. Sentii stringermi il petto, ma continuai a scrutarla finché, d'un tratto, vidi illuminarsi il suo volto. Setsuko alzò la testa e iniziò a ridere. Mi aveva visto.

Entrai dal balcone e mi avvicinai al suo fianco.

– A cosa stavi pensando?

– A niente – rispose con una voce che non sembrava appartenerle.

Non le risposi. Solo quando rimasi in silenzio e con l'aria un po' abbattuta sembrò finalmente tornare la Setsuko di sempre.

– Dove siete andato? Siete stato via a lungo – domandò con una voce che pareva esprimere intimità.

– Dall'altra parte… – dissi, indicando con disinvoltura la foresta che si vedeva in lontananza oltre il balcone.
– Oh, vi siete spinto fin laggiù? Almeno siete riuscito a lavorare?
– Bah… – risposi in maniera decisamente brusca, e per un attimo tornai a chiudermi nel silenzio di prima. Poi, superato il momento, le feci una domanda ad alta voce.
– Dimmi, tu sei soddisfatta di questa vita?
Setsuko sembrò esitare innanzi a quella folle domanda. Poi, voltandosi verso di me iniziò a fissarmi e annuì con convinzione.
– Perché me lo chiedete? – controbatté con fare piuttosto sospettoso.
– Non lo so. Forse perché temo che la nostra vita di adesso non sia altro che il frutto di un mio capriccio. L'ho presa così sul serio, e ho paura che tu…
– Non dite così – mi interruppe. – Il vostro capriccio si rivela piuttosto in ciò che avete appena detto.
Nonostante le sue belle parole, dovevo apparire ancora insoddisfatto. Setsuko vegliò per un po' su quel mio triste aspetto, poi, non potendo più trattenere i propri pensieri, esplose.
– Perché non riuscite a comprendere che sto bene ovunque mi trovi? Che anche nei momenti più disparati in cui il corpo sembra abbandonarmi non ho mai pensato di voler tornare a casa? Mi chiedo che fine avrei fatto senza avervi al mio fianco… Anche prima, in attesa del vostro ritorno, trepidavo dalla voglia di vedervi. E più il vostro ritardo si prolungava, più sentivo che avrei gioito del vostro ritorno, ma semplicemente il mio orgoglio ha

impedito che ve lo mostrassi! Credevo che sareste tornato molto prima, e non vedendovi arrivare ho finito per colmarmi di ansie e preoccupazioni! Poi, questa stanza dove abbiamo sempre condiviso il tempo ha iniziato ad assumere l'aspetto di uno spazio sconosciuto al punto che avrei voluto volare via da qui per la paura... Ma alla fine ho ripensato a quelle vostre parole e mi sono tranquillizzata. Ricordate? Una volta mi avete detto che in futuro, ripensando alla nostra vita di oggi, tutto ci sarebbe sembrato bellissimo...

Quando la sua flebile voce si esaurì, vidi spuntarle sulle labbra una specie di sorriso mascherato da una smorfia. Mi fissò. Alle sue parole, le emozioni trapelarono dal mio cuore al punto da farmi scoppiare. Per paura di mostrarle la mia commozione uscii di soppiatto sul balcone. Contemplai il panorama, che mi rimandò malinconicamente al tramonto di quell'inizio estate, perfetta manifestazione della nostra felicità. Questa volta, a dipingerla erano i raggi del mattino autunnale, più freddi e carichi d'intensità. Un'emozione simile a quella felicità, ma più toccante che mai mi aveva sfiorato prima d'ora, mi riempì e strinse il cuore.

INVERNO

20 ottobre 1935

Questo pomeriggio ho lasciato come sempre la mia malata per uscire dal sanatorio. Dopo aver attraversato campi di agricoltori impegnati nel raccolto, superato il bosco ceduo ed essere sceso fino al piccolo villaggio deserto a valle, ho attraversato un ponticello sospeso su un torrente per giungere alla riva opposta. Quindi, dopo essermi arrampicato sulla piccola collina di castagni, mi sono seduto sul versante superiore. Lì sono rimasto per ore e ore, immerso nel concepimento del romanzo a cui presto metterò mano. Ero sereno e tranquillo. Ogni tanto trasalivo quando mi raggiungeva il suono delle castagne cadute dagli alberi che alcuni bambini scrollavano, e che sembrava riecheggiare per tutta la valle.
Tutto intorno a me, ogni cosa pareva voler annunciare che il frutto della nostra vita era maturo, esortandomi a raccoglierlo al più presto. Quale piacevole sensazione!

Quando infine il sole ha iniziato a calare, la valle e i suoi villaggi sono stati avvolti dall'ombra delle montagne e degli alberi. Al che mi sono alzato, sono sceso dalla montagna, ho riattraversato il ponticello sospeso e dopo aver fatto due passi per il piccolo villaggio, fra il rumore delle ruote idrauliche, ho percorso la discesa lungo il ciglio della foresta di larici ai piedi dello Yatsugatake. Accelerando leggermente il passo al pensiero che la mia malata potesse essere in pena per il mio arrivo, ho fatto ritorno al sanatorio.

23 ottobre

Vicino allo spuntare del giorno vengo sorpreso da uno strano rumore che sembra provenire da molto vicino. Tendo le orecchie, ma l'intero sanatorio pare avvolto da un profondo silenzio. Ormai privo di sonno, trascorro il resto del tempo senza dormire.

Attraverso il vetro della finestra, ricoperto di falene, distinguo due o tre stelle che ancora brillano nel cielo dell'alba. Col sorgere del sole, però, inizio a provare un'ineffabile sensazione di tristezza, che mi fa alzare di soppiatto e vagare a piedi nudi senza meta, fino a condurmi nella camera accanto, ancora immersa nel buio. Mi avvicino al letto, e mi chino per guardare il volto di Setsuko mentre dorme. I suoi occhi sono spalancati. Senza che me l'aspettassi, si era svegliata e stava guardando verso di me.

– Cosa state facendo? – mi domanda dubbiosa.

“Niente”, le rispondo con un occhiolino. Da quella posizione, poi, inizio a curvarmi sempre più sopra di lei e, come se non potessi più trattenermi, spingo il mio viso contro il suo.
– Come siete freddo – strizza gli occhi e scosta leggermente la testa. Avverto il lieve profumo dei suoi capelli. Con le guance a contatto, possiamo udire i nostri respiri fondersi insieme.
– Oh… Dev’essere caduta un’altra castagna… – sussurra lei riaprendo leggermente gli occhi.
– Ah, ecco, era una castagna… Devo ringraziarla per avermi svegliato poco fa.
Mi alzo dolcemente e mi dirigo verso la finestra. Fuori sta progressivamente facendo giorno. Appoggiato al vetro, sento una calda goccia scivolarmi sulla guancia, forse una lacrima sfuggita ai miei occhi alla vista delle sfumature rosse che avvolgono le nuvole immobili oltre la montagna. Riesco a distinguere i rumori provenienti dai campi.
– In quel modo finirete per prendervi un raffreddore…
La voce di Setsuko, dal letto, è bassa. Mi giro verso di lei intenzionato a risponderle fingendo spensieratezza, ma nel momento in cui i miei occhi incontrano i suoi, evidentemente colmi di preoccupazione, non riesco a dire nulla. Ancora in silenzio mi allontano dalla finestra e faccio ritorno nella mia stanza.
Passati alcuni minuti, Setsuko viene colpita dalla violenta e incessante tosse che la tormenta ogni mattina. Impotente davanti a quegli attacchi, non mi resta altro da fare che tornare nel letto e ascoltarli, preso da un’ansia indescrivibile.

27 ottobre

Anche quest'oggi ho trascorso il pomeriggio tra i boschi e le montagne.
Per tutto il giorno un argomento non ha voluto lasciare i miei pensieri. Il fidanzamento, nella sua autenticità: quanta felicità possono condividere due persone in quel fin troppo breve lasso di tempo che è la vita? Davanti ai miei occhi potevo vedere con chiarezza la figura di un giovane uomo e una giovane donna che, piegandosi davanti a un destino incontrastabile, restavano fianco a fianco condividendo il calore dei loro corpi e dei loro cuori, la figura di noi in quanto coppia che, pur nella desolazione, riusciva a trovare la gioia in ogni dove. Cosa avrei tratto da quegli elementi?
Come sempre, sono tornato a passi svelti camminando lungo il margine della foresta di larici che ingialliva l'infinito pendio della montagna. Sono riuscito a distingue-

re in lontananza, all'estremità del bosco ceduo dietro il sanatorio, la figura di una giovane donna, piuttosto alta, i cui capelli brillavano ai raggi inclinati del sole. Mi fermo un momento. È Setsuko? Non posso sapere se si tratta veramente di lei, ma vedere una donna sola in un posto come quello mi fa accelerare ulteriormente il passo. Avvicinandomi, scopro che si tratta davvero di Setsuko.

– Cos'è successo? – domando ansimante, dopo esserle corso incontro.

– Volevo aspettarvi qui – risponde con un sorriso, e arrossisce leggermente.

– E puoi fare una cosa tanto temeraria? – chiedo osservandola di profilo.

– Vogliate perdonarmi, per una volta... Inoltre, oggi mi sento così bene...

Si impegna per tirare fuori nella voce tutta l'allegria che ha in sé, e nonostante io sia già lì con lei, noto che continua a guardare in direzione dei piedi del monte.

– Vi ho visto arrivare già da lontano.

Senza dir nulla, mi avvicino al suo fianco e fisso nella sua stessa direzione.

– Da qui si può ammirare l'intero monte Yatsugatake.

Ancora una volta la sua voce sembra allegra.

– Già – rispondo quasi non curante, ma a onor del vero devo ammettere che osservare quella montagna al fianco di Setsuko fa improvvisamente nascere in me una confusione di strane sensazioni.

– È la prima volta che guardo quella montagna insieme a te, eppure mi sento come se l'avessimo già vista tante volte.

– Non lo trovate impossibile?
– No… Credo di avere finalmente capito. In passato abbiamo guardato questa montagna insieme dall'altra parte. Anzi, l'estate in cui abbiamo guardato in questa direzione abbiamo potuto vedere poco o niente, poiché la montagna era sempre coperta dalle nuvole. Solo in autunno, quando ci sono tornato da solo, ho potuto vedere, oltre l'orizzonte, il lato opposto a questo. Non avevo idea di quale fosse il monte che scorgevo in lontananza, ma non ho dubbi che si trattasse di questo. La direzione sembra proprio essere quella… Ricordi quel prato ricoperto di *susuki*?
– Sì.
– Ammetto che è davvero strano. Abbiamo vissuto insieme ai piedi di quella montagna senza rendercene nemmeno conto…
L'immagine di me stesso durante l'ultimo giorno d'autunno, esattamente due anni prima, mi appare vivida davanti agli occhi. Sul prato ammantato di *susuki* ammiro in lontananza i contorni di questa montagna. Per la prima volta posso vederla così chiaramente, e guardandola provo un senso di malinconica felicità, immaginando che un giorno avrei certamente vissuto insieme a Setsuko. La nostalgia mi assale.
Sprofondiamo nel silenzio. Uno stormo d'uccelli migratori taglia silenziosamente il cielo. Spalla contro spalla, sostiamo per un po' a contemplare la catena di montagne, provando lo stesso amore di quei primi giorni. Le nostre ombre strisciavano sull'erba, allungandosi progressivamente.

Dopo un po' si alza il vento, lieve, che fa tremare i rami del bosco ceduo dietro di noi.

– Torniamo dentro? – le chiedo tutt'a un tratto.

Entriamo nel bosco. Le foglie cadono incessantemente. A volte ci fermiamo insieme, altre lascio che lei mi preceda. Proprio come l'estate di due anni prima, in cui volevo che camminasse davanti a me per poterla guardare. Frammenti di ricordi di quella passeggiata nella foresta mi tornano alla mente. È uno spontaneo traboccare di forti emozioni.

2 novembre

Questa notte una lampada solitaria veglia al nostro fianco. Illuminato da quella luce e abituato al silenzio, dedico tutto me stesso alla scrittura del romanzo sulla felicità della nostra vita insieme, mentre Setsuko, sdraiata sul letto all'ombra del paralume, dorme così tranquilla da tradire a malapena la propria presenza.

Di tanto in tanto, quando alzo il volto, noto che mi sta osservando già da tempo. Sono sguardi carichi d'amore, come ansiosi di volermi esprimere tutta la propria felicità per essere così al mio fianco.

Oh, quanto aiuto ne traggo! Fanno sì che creda nella nostra felicità e con i miei sforzi possa darle una forma.

10 novembre

Con l'inverno, il cielo si è aperto e le montagne si sono fatte sempre più vicine. Solo sulle loro vette, nuvole cariche di neve sostano immuni al movimento. In queste mattine, forse spinti dalla neve incalzante, innumerevoli stormi di uccelli riempiono la balconata. Allo sparire delle nuvole, del loro ricordo resta per l'intera giornata il bianco pastello delle cime innevate. La neve ci accompagna per l'intero periodo, dominando dalla vetta di quelle montagne.

Ricordo quando, anni prima, avevo frequentemente sognato di vivere in una regione alpina durante la malinconica stagione invernale per condividere insieme a una graziosa fanciulla, separati dal resto del mondo, l'amore più ardente che ci univa. Sin da piccolo, avevo sempre desiderato dar vita a quel sogno sconfinato verso una vita di dolcezza imperitura, in mezzo a una natura spietata e terribile che pur l'avrebbe lasciata intatta. Per raggiungere lo scopo, avrebbe dovuto essere pieno inverno, e noi avremmo dovuto trovarci in una desolata zona montuosa…

«*Verso l'alba mi alzo di soppiatto per non svegliare la fanciulla, ancora malata, e pieno d'allegria esco dalla baita per tuffarmi nella neve. Intorno a me, le montagne iniziano a tingersi del rosa tipico dello spuntar del giorno. Ricevo del latte di capra di montagna appena munto da una famiglia di agricoltori qui a fianco e poi, iniziando a sentire freddo, decido di far ritorno. Porto la legna al camino, e poco dopo la sento scoppiettare. A quei crepiti, la fanciulla apre gli occhi. In quel momento, con le mani intirizzite, sto già riportando fedelmente per iscritto della nostra vita fra le montagne nella sua felicità…*».

Questa mattina, ricordando quel sogno di tanti anni fa, ho avuto l'impressione di vedere lo stesso paesaggio invernale sospeso davanti ai miei occhi, simile a una stampa rappresentante un luogo improbabile, e a quel pensiero ho iniziato a consultare me stesso su come avrei potuto risistemare i mobili all'interno di quella baita costruita con tronchi d'albero. Poi, il paesaggio ha iniziato a sgretolarsi per infine scomparire, lasciandomi solo nell'aria fredda circondato da alberi spogli e montagne ricoperte da un lieve manto di neve come caduto e materializzato da quella breve visione.
Decido di mangiare prima e da solo, e quando finisco sposto la sedia vicino alla finestra per immergermi in quei pensieri, quando tutt'a un tratto mi giro verso

Setsuko. Ha appena finito il suo pasto ed è ancora seduta sul letto, con lo sguardo rivolto in direzione delle montagne seppur perso nel vuoto e velato di stanchezza. Provando una grande pietà fisso il suo viso sciupato nascosto fra i capelli sciolti sulle spalle.
"Che sia stato il mio sogno a trascinarti fino qui?", mi interrogo.
Un sentimento simile al rammarico m'impedisce di trasformare quell'idea in parole, e pur rivolgendomi verso la malata, non riesco ad aprir bocca.
"Quand'anche fosse vero, nell'ultimo periodo sono totalmente rapito dal mio lavoro. Anche stando al tuo fianco, rivolgo poca importanza, quasi nulla, alla te di adesso. Allo stesso tempo, voglio che tu sappia, come lo so io, che mentre sono immerso nel lavoro non faccio che pensare a te, solo a te. In quel modo, senza accorgermene, e forse presuntuosamente, ho iniziato a trascorrere il mio tempo dedicandolo ai miei ridicoli sogni anziché a te".
Ho come l'impressione che abbia letto quelle parole nei miei occhi, poiché la mia malata mi restituisce uno sguardo fermo da seduta com'è sul letto, senza accennare a un sorriso. Prima di accorgercene prendiamo a contemplarci in quel modo, cercando di resistere sempre più a lungo.

17 novembre

Pensavo di completare i miei appunti in due o tre giorni. Se avessi scritto di questa nostra vita insieme, il lavoro sarebbe stato interminabile. In ogni modo, dovrei avere una conclusione per potere almeno finire di scrivere la storia, anche se in questo momento non ho intenzione di porre un punto alla nostra vita, poiché in via di sviluppo. No, non mi è possibile. Credo che la cosa migliore sia quella di concluderla con l'immagine che ho di noi ora.

L'immagine che ho di noi ora…

Mi tornano alla mente le parole che lessi in un romanzo: "Non c'è niente che ostacola la felicità, quanto il ricordo della felicità". Com'era cambiata la felicità che ognuno trasmetteva all'altro, rispetto a quella iniziale! Questa le somiglia, ma è del tutto diversa, struggente al punto da stringere il cuore. Sarei riuscito a trovare un finale adeguato per il romanzo della nostra vita felice, se avessi continuato a inseguire la verità nonostante la sua forma reale non si fosse ancora materializzata sulla superficie della nostra esistenza? Non conosco la natura del mio dubbio, eppure nutro anche la forte impressione che, nascosto a margine delle nostre vite, ci sia qualcosa che non sono ancora riuscito a identificare con chiarezza, ma che in qualche modo ostacola la nostra felicità.

Ci ripenso con animo irrequieto, e spengo la lampada per passare oltre il fianco del letto, dove la mia malata ha già chiuso gli occhi.

Mi fermo, contemplo l'unico pallore che risalta in quello scorcio di buio, il volto dormiente di Setsuko. A intervalli, gli occhi appena infossati sembrano in preda agli spasmi, come se fosse minacciata da qualcosa.

Che sia solo la mia inesprimibile inquietudine a farmi percepire il tutto in questo modo?

20 novembre

Ho riletto tutti gli appunti scritti finora. Ero convinto che avrebbero in qualche modo soddisfatto le mie intenzioni iniziali. Nel rileggerli, invece, scopro che non permettono in maniera più assoluta di assaporare il tema principale del racconto, la nostra felicità, bensì con grande sorpresa rivelano piuttosto le mie preoccupazioni. In un certo momento i miei pensieri dovevano aver abbandonato la storia principale.

«*Noi due, al centro del racconto, godiamo di tutti i piccoli piaceri della vita che ci sono concessi, convinti che in quel modo avremmo potuto donarci l'un l'altro una felicità davvero unica. O, perlomeno, pensavo che avrei potuto incatenare il mio cuore. Abbiamo forse puntato troppo in alto? Ho esagerato a sottovalutare il mio desiderio nei confronti della vita? È per quello che ora sento le catene del mio cuore vicine al frantumarsi?*».

"Povera Setsuko", continuo a pensare. Non ho neanche la forza per riordinare quegli appunti sparsi sul tavolo. Nei miei silenzi, ha letto il desiderio di vita che io stesso non ho voluto riconoscere, per questo si era mostrata tanto compassionevole. Che tormento per me! Come ho potuto non nascondergliielo? Sono forse così debole?

La sensazione che provo quando sposto lo sguardo sugli occhi socchiusi di Setsuko, stesa sul letto sotto il paralume, è quasi opprimente. Mi allontano dalla luce e senza far rumore mi avvicino alla balconata. Piccola, la luna splende alta nel cielo illuminando e definendo appena i contorni delle montagne ricoperte di nuvole, delle colline e degli alberi. Il resto del paesaggio sembra un mare indistinto nel blu della notte. Eppure non vedo niente di tutto questo. Davanti agli occhi ho ancora vivido il ricordo delle montagne, delle colline e degli alberi che, una sera d'inizio estate, Setsuko e io avevamo contemplato con sincera commozione, convinti che la nostra felicità sarebbe durata fino alla fine. Avevamo ricordato così tante volte e in maniera così vivida quel paesaggio estemporaneo, di cui eravamo divenuti parte, al punto che senza accorgercene era entrato a far parte della nostra esistenza, cambiando le sembianze col passare delle stagioni diventando un elemento quasi invisibile ai nostri occhi.
Continuo a interrogarmi. Quell'attimo di felicità ci è appartenuto, non dovrebbe bastare solo questo per dare valore al nostro vivere qui insieme?
Tutto d'un tratto, un lieve rumore alle mie spalle mi

distrae. È Setsuko, non ho dubbi, ma non mi volto e rimango immobile dove sono. È in piedi, poco distante da me, ma non parla. So che è vicina perché riesco a udirne il respiro. Raffiche di vento freddo sfiorano il balcone. In lontananza si sente il rumore dei rami secchi spezzati.

– A cosa state pensando? – Setsuko interrompe finalmente il silenzio.

Non le rispondo immediatamente. Poi, all'improvviso, mi giro verso di lei con un sorriso incerto.

– Dovresti saperlo – replico.

Setsuko mi scruta attentamente, sembra temere una trappola.

– Anche tu stai pensando al mio lavoro, vero? – rispondo con calma a quello sguardo. – Per quanto io ci pensi, non riesco a trovare un lieto fine. Non vorrei che finisse per sembrare un'allusione all'inutilità della vita. Vorresti pensare a un finale insieme a me?

Mi sorride, ma in quel sorriso vedo l'ombra della sua preoccupazione.

– E come potrei, senza sapere quello che avete scritto finora? – risponde infine a bassa voce.

– Certo, hai ragione – ribatto con una risatina nervosa. – Nell'attesa, te ne leggerò qualche brano. Ma la parte iniziale non è ancora pronta per essere letta.

Torno nella stanza e mi siedo alla luce per prendere e riordinare gli appunti sparsi. Setsuko è in piedi dietro di me, sento che poggia delicata la mano sulla mia spalla e, incuriosita, china la testa.

Mi volto bruscamente verso di lei.

– Credo che dovresti andare a letto – le dico, secco.
– Sì.
La sua risposta è diretta e sincera, e con un piccolo sospiro lascia andare la mia spalla per tornare a coricarsi.
– Non riesco a prendere sonno – le sento dire, quasi fra sé e sé, pochi minuti dopo.
– Spengo la lampada? A me non serve più.
Spenta la luce, mi avvicino al guanciale. Poi siedo sul letto, le prendo la mano, e per un po' restiamo così, avvolti nel buio silenzioso.
Il vento sembra essere più forte di prima, soffia incessantemente tra gli alberi, e a intervalli si scontra con le pareti del sanatorio facendo sbattere le finestre, in ultimo quella della nostra camera. Come spaventata da quei rumori, per tutto il tempo Setsuko non lascia andare la mia mano. Con gli occhi chiusi, sembra interamente assorta in qualcosa che cova nel suo intimo.
Di lì a poco la presa della sua mano si allenta. Sembra essersi addormentata.
– Bene, ora tocca a me – bisbiglio per conciliarmi il sonno. Anche se, come Setsuko, sento che non riuscirò ad addormentarmi.
Entro nella mia stanza buia.

26 novembre

In questo periodo mi sveglio presto, prima dell'alba. Spesso mi alzo di soppiatto ed entro nella camera della mia malata, scrutandole il viso mentre dorme. Sebbene i bordi delle lenzuola o i flaconi di vetro vadano a mano a mano ingiallendosi, il suo volto continua a sbiadire nel pallore. Ho iniziato a pensare a lei con l'appellativo di *poverina*, quasi come un motto nato inconsciamente.
Anche oggi ho aperto gli occhi sul far del giorno, ho fissato a lungo la mia malata addormentata, poi sono uscito dalla stanza in punta di piedi per andare nel bosco sul retro del sanatorio, i cui alberi sono ormai completamente spogli e secchi. Solo poche foglie temerarie, vinto l'impeto del vento, restano ancora appese a due o tre rami. Appena fuori da quella vuota foresta ho visto il sole elevarsi in cielo dalle cime dello Yatsugatake, facendo brillare di rosso le nuvole immobili che, da sud verso

ovest, sono sospese appena sopra le montagne. La luce avrebbe impiegato ancora un po' di tempo prima di raggiungere il suolo. Imprigionati nelle vallate, i prati, i terreni agricoli e gli alberi spogli dell'inverno sembrano abbandonati dal resto del mondo.
Interrompo di tanto in tanto il mio cammino a margine di un bosco spoglio e, noncurante del freddo, passeggio nei dintorni lasciando le mie impronte. Un andirivieni di idee che mi passano per la testa mi distrae, poiché quando tutt'a un tratto alzo lo sguardo al cielo, questo ha già perso la brillantezza del mattino e si è coperto di nuvoloni neri. Quando me ne accorgo, la lunga e ansiosa attesa dell'arrivo al suolo della luce dei raggi del sole, fino a poco prima uno splendore incandescente, si traduce in una banale perdita di tempo. Torno a passo svelto verso il sanatorio.
Setsuko è già sveglia, ma pur vedendomi di fronte a lei si limita a lanciarmi uno sguardo con occhi languidi. Il suo volto sembra ancora più pallido di prima, quando dormiva. Dopo essermi avvicinato al suo guanciale e averle carezzato i capelli, cerco di baciarla, ma lei scuote debolmente il capo. Decido di non chiedere spiegazioni e mi limito a osservarla con un velo di tristezza. Il suo sguardo perso nel vuoto sembra voler guardare più alla mia tristezza che a me, in quanto tale.

Sera

Ero l'unico a non saperlo. Finito il giro di visite mattutino, la capo infermiera mi chiama nel corridoio. Vengo a sapere che questa mattina Setsuko ha vomitato per la prima volta una piccola quantità di sangue. Lei, però, me l'ha tenuto nascosto. L'emottisi di per sé non rappresenta un pericolo, mi spiega, ma per precauzione e secondo quanto stabilito dal direttore generale, le avrebbero affiancato un'infermiera. Non ho potuto far altro che dare la mia approvazione. Ho deciso che avrei trascorso il periodo di affiancamento nella camera di degenza a fianco, fortunatamente non occupata. È proprio al suo interno che scrivo il diario in solitudine, una stanza completamente sconosciuta ma identica in tutto e per tutto a quella dove finora abbiamo vissuto insieme. Sono seduto su questa sedia da diverse ore, eppure la camera continua a sembrarmi vuota come un luogo disabitato, e fredda persino nella sua luce.

28 novembre

Gli appunti del mio lavoro, ormai giunto al termine, sono ancora abbandonati sul tavolo. È da un po' che non ci metto mano, e il fatto di doverli ritoccare è servito per giustificare davanti alla mia malata la decisione di vivere momentaneamente separati.
Sono avvolto da ansie e preoccupazioni, mi chiedo come potrò continuare, da solo e in questo stato, a raccontare la storia della nostra mutua felicità.

Torno nella camera di Setsuko ogni giorno, intervallando le mie visite ogni due o tre ore. Mi siedo accanto al suo guanciale, e poiché parlarle non le fa bene rimaniamo in silenzio per la maggior parte del tempo, anche quando l'infermiera che la accompagna non è con noi. Mano nella mano, condividiamo il silenzio senza lasciare che i nostri sguardi s'incontrino. Solo talvolta, quando accade inavvertitamente, mi sorride con lo stesso imbarazzo che mi aveva mostrato all'inizio della nostra relazione. Quindi distoglie lo sguardo, lasciando poi che si perda nel vuoto, senza mostrare il benché minimo turbamento per quella situazione, e si addormenta in tranquillità. Una volta mi ha chiesto se il lavoro procede. Ho dovuto far cenno di no con la testa, e ho sentito il suo sguardo compassionevole posarsi su di me. Da quella volta non me l'ha più domandato.

Comunque sia, ogni giorno trascorre identico agli altri, avvolto nella quiete. Setsuko si rifiuta persino di farmi scrivere al suo posto le lettere per il padre.

La sera rimango seduto fino a tardi davanti al mio tavolo, contemplando il riflesso dei raggi di luna che raggiungono il balcone, e che diventano sempre più tenui a mano a mano che si eclissano oltre la finestra, lasciandomi immerso nel buio, proprio come il mio animo. Chissà se anche la mia malata è ancora sveglia. Magari sta pensando a me…

1 dicembre

Ho l'impressione che di recente le falene attratte dalla mia lampada siano aumentate. Arrivano dal nulla, la sera, sbattono contro la finestra chiusa e, nonostante l'impatto, lottano disperatamente per la vita cercando di aprirsi un varco nel vetro. Sembrano impazzite, continuano a sbattere le ali anche dopo che ho spento la luce e sono andato nel letto, stanco di sentire i loro sfarfallii. Dopo un po' chiaramente si calmano, e finalmente si aggrappano a qualcosa e restano immobili. Ma quando mi alzo il mattino dopo, sotto la finestra trovo un pavimento disseminato di falene morte, simili a foglie autunnali.

Anche stasera è entrata una falena. Per un po' ha ronzato attorno a me e alla mia lampada, finché con un tonfo è caduta sui fogli. È rimasta ferma per un attimo. E poi di nuovo, come ricordandosi di essere viva, si è alzata in volo. Credo che neanche lei sapesse cosa stava facendo. Infatti, poco dopo, è caduta di nuovo suoi fogli. Una strana paura m'impedisce di sbarazzarmene. Anzi, ho continuato a guardarla quasi con disinteresse, e l'ho lasciata morire sulle mie carte.

5 dicembre

Verso sera siamo rimasti da soli. L'infermiera personale di Setsuko era appena andata a mangiare. Il sole invernale aveva cominciato a nascondersi a ovest, oltre le montagne, lasciando che l'inclinazione dei raggi rischiarasse la camera, sempre più fredda. Seduto accanto al guanciale di Setsuko, appoggio i piedi contro la stufa e mi curvo sul libro che ho tra le mani. A sorpresa, sento la voce della mia malata.

– Oh, padre! – chiama con voce debole.

Mi spavento, e guardo verso di lei. I suoi occhi brillano.

– Cos'hai detto? – le domando fingendo indifferenza, come se il suo richiamo non fosse neppure arrivato alle mie orecchie.

Non mi risponde subito, ma noto che i suoi occhi brillano sempre di più. Poi, finalmente, risponde.

– A sinistra di quella collina c'è una zona esposta al sole, non è vero?

Dal letto indica con fare sicuro in quella direzione, poi, come nel tentativo di tirare fuori parole difficili da dire, porta il dito verso la sua bocca.

– Laggiù, ogni giorno verso quest'ora, si forma sempre una sagoma identica al profilo di mio padre… Guardate, proprio ora, riuscite a vederla?

Seguendo la direzione indicata, riconosco la collina di cui parla, ma non riesco a vedere nient'altro che gli avvallamenti, illuminati dall'inclinazione dei raggi solari.

– È già svanita… Anzi no, si vede ancora la fronte…

In quel momento riesco a vederla.

In effetti quell'ombra fra gli avvallamenti ricorda anche a me la fronte massiccia di suo padre. Possibile che desideri così tanto rivederlo, al punto da cercarlo perfino all'interno di vaghe ombre? Ma certo, lo sente ancora vicino a sé, lo chiama…

Un istante dopo l'ombra avvolge la montagna, rendendo impossibile la ricerca di altre sagome.

– Vuoi tornare a casa? – domando, traducendo in parole le prime impressioni che passano per il mio cuore.

In preda all'ansia cerco subito i suoi occhi.

Lei mi guarda con freddezza, poi abbassa improvvisamente lo sguardo.

– Sì… Non so il perché, ma ho voglia di tornare.

La sua voce è appena percettibile.

Mi mordo le labbra. Per non rivelare la mia reazione lascio il bordo del letto e mi avvicino alla finestra.

– Dovete perdonarmi. Concedetemelo, solo per poco tempo… Mi passerà presto.

Resto in piedi accanto alla finestra con le mani incrociate, senza dire una parola. Ai piedi della montagna è già buio, ma sulla cima vedo ancora una flebile luce. All'improvviso sono assalito da una terribile paura, che mi stringe la gola. Mi volto di scatto verso Setsuko, che si tiene il volto con entrambe le mani. Sono sopraffatto dall'ansia terribile di perdere tutto quello che ci appartiene. Corro verso il letto, e cerco di spostare le sue mani. Non oppone resistenza.

La sua fronte alta, gli occhi ancora pieni di una luce tranquilla, la sua bocca serrata. Niente è alterato, ogni cosa è più che mai irreprensibile. Devo ammettere che si tratta solo di una mia paura, davanti alla quale tremo come un bambino. Tutt'a un tratto sento le forze abbandonarmi. Mi inginocchio a bordo del letto, eclisso il mio volto tra le lenzuola e resto lì per un po'. Sento le mani di Setsuko accarezzare dolcemente i miei capelli.

La stanza è ormai sprofondata nel buio.

LA VALLE DELL'OMBRA DELLA MORTE

Villaggio K., 1 dicembre 1936

A quasi tre anni di distanza, questo villaggio è completamente sepolto nella neve. Pare che nevichi da più di una settimana e abbia smesso solo questa mattina. La giovane del villaggio, che ho incaricato come domestica, e suo fratello minore hanno caricato i miei bagagli su uno slittino per trasportarli fino alla baita dove trascorrerò l'inverno. Seguendo la scia dello slittino ho rischiato di scivolare più volte. La neve caduta nelle zone ombrose della valle era già gelata.
La baita che ho affittato è poco più a nord del villaggio, in una piccola valle da tempo famosa come luogo di villeggiatura anche per stranieri. Il mio alloggio è il più lontano di tutti. A una a una, le baite abbandonate e sommerse dalla neve scorrono davanti ai miei occhi mentre procedo verso la valle, seguendo le orme dei due giovani davanti a me.

"E pensare che gli stranieri che soggiornano qui in estate chiamano questo posto *La valle della felicità*. Dove la vedono la felicità, in questa valle triste e desolata?" mi domando. In quel momento, nella mia mente balena all'improvviso la definizione contraria. Esito un attimo, penso di trattenere le parole, e dopo essermi rifatto animo riesco a dirlo.
La valle dell'ombra della morte.
È il nome che maggiormente si addice a questo posto. Almeno per me, intenzionato a trascorrerci la triste vita da vedovo nel pieno dell'inverno. Quei pensieri mi hanno accompagnato fino all'arrivo all'ultima baita, quella da me affittata. È in corteccia, con annessa una piccola veranda. Sul manto di neve che ricopre il circondario, ci sono tante impronte irriconoscibili. La giovane ci precede, entra per prima nella baita e ne spalanca le porte scorrevoli, mentre fuori il fratello minore mi spiega la natura di tutte quelle strane impronte: sono di lepre, scoiattolo e fagiano.
Osservo il paesaggio dalla veranda innevata. Vista da lì, la valle ombrosa che abbiamo appena risalito sembra un piccolo scorcio accogliente. Scorgo la sagoma del fratello minore che, salito sullo slittino, sta tornando a valle in uno slalom tra i tronchi. È un grazioso puntino che va a mano a mano scomparendo tra gli alberi spogli. Finito di ispezionare la valle, noto che la ragazza ha già sistemato l'interno, così faccio il mio primo ingresso nella baita. È rivestita in corteccia di cedro giapponese persino nelle pareti, mentre il soffitto è talmente povero da sembrare vuoto. Nell'insieme, però, non è male.

Salgo subito al piano di sopra, e vedo che tutto, dal letto alle sedie, è allestito per due. Come pensato per me e te. Oh, se penso a quanto in passato ho sognato di poter vivere insieme a te in una baita proprio come questa! Io e te, l'uno di fronte all'altra, insieme nella solitudine...
La sera, terminati i preparativi della cena, ho permesso alla giovane di tornare subito al villaggio.
Una volta rimasto solo ho avvicinato il tavolo grande a lato del camino, disponendo su di esso tutto l'occorrente per scrivere e il cibo. Quando mi sono seduto e ho alzato la testa, mi sono reso conto che il calendario appeso sopra di me era fermo a settembre, per cui, dopo aver preso e strappato le pagine vecchie, ho apposto un segno in corrispondenza della data di oggi.
Non aprivo questo diario da un anno esatto.

2 dicembre

Pare che sulle montagne settentrionali le bufere di neve siano una costante. Fino a ieri, per esempio, potevo vedere il monte Asama talmente bene al punto da credere di poterlo afferrare, mentre oggi è coperto da nuvoloni carichi di neve. Credo che la tempesta sia estesa anche sull'altro versante. Perfino il nostro villaggio, che pure ne è ai piedi, ne è coinvolto: piccoli fiocchi di neve scendono dal cielo in una danza incessante, solo talvolta intervallata da sprazzi di sole. Il cielo sulle montagne più a sud è limpido e cristallino, ma nuvoloni carichi di neve iniziano a coprire la valle, che cade nell'ombra colpita da una violenta tempesta. Momentanea, poiché subito torna il sole.

Ho trascorso l'intera giornata a fare avanti e indietro tra il camino e la finestra, da dove ho potuto osservare i continui cambiamenti offerti dallo spettacolo della valle.

Sarà per questo che il mio animo è inquieto?
La giovane del villaggio è arrivata intorno a mezzogiorno indossando solo un paio di *tabi*, nonostante la neve, e con le spalle cariche di qualcosa avvolto nei *furoshiki*. Le mani e il volto congelati dovevano averla resa taciturna, ma a onor del vero mi è sembrata stare bene. Come ieri, le ho detto di tornare al villaggio appena terminati i preparativi per la cena. A quel punto, la mia giornata è praticamente finita. Non ho altro da fare, siedo a fianco del camino e contemplo la legna ardere tra un crepitare di scoppiettii.
In un attimo si fa sera.
Dopo mangiato mi sento meglio. Sembra aver smesso di nevicare, ma si alza il vento. Quando il rumore delle fiamme s'indebolisce, lo sento avvicinarsi tra gli alberi, sollevandosi tra quelli a bordo valle.
Appena un'ora dopo il calore sviluppato dal camino mi provoca un giramento di testa tale che devo uscire a prendere aria fresca all'esterno. Cammino per un po' nel buio, poi il freddo incalzante mi riporta verso la baita. In quel momento, grazie alla luce che arriva dall'interno, noto che intorno a me continua a cadere una neve sottile. Una volta al coperto, mi avvicino di nuovo al camino per asciugarmi. Davanti al fuoco mi riappare davanti agli occhi il ricordo vivido di un episodio del passato, ne rimango talmente incantato da dimenticare di asciugarmi. È l'immagine di una sera dello scorso anno quando, nel pieno della notte, fiocchi di neve simili a quelli di stasera cadevano sul sanatorio in cui ci troviamo. Quante volte, dopo averlo convocato tramite un

telegramma, ho aspettato impaziente l'arrivo di tuo padre sul ciglio dell'ingresso del sanatorio! Era arrivato quasi in piena notte. Eppure, nel vederlo, il tuo volto non aveva abbozzato neanche un sorriso. Lui restava immobile, sembrava voler proteggere col suo sguardo quel tuo volto emaciato e consumato dalla malattia. Poi si era girato verso di me, e il suo sguardo era quello di un padre angosciato. Avevo finto di non accorgermene, volevo che le mie attenzioni fossero rivolte solo a te. In quel momento avevo sentito che, con voce appena percettibile, avevi farfugliato qualcosa.

– C'è della neve, sui vostri capelli… – mi avevi detto.

E ora, mentre sono accovacciato a fianco del camino, li ho toccati, come invitato dal ricordo di te, così vivo. Sono ancora bagnati, e freddi. Se non mi avessi avvisato, non me ne sarei accorto…

5 dicembre

Negli ultimi giorni sta facendo bel tempo, non ho motivo di lamentarmi. Non c'è vento, e al mattino la veranda è illuminata dai raggi del sole che la scaldano al punto da permettere di fare colazione all'aperto. Porto fuori un tavolino e una sedia, e anche oggi mangio di fronte allo spettacolo della valle ancora innevata. È un peccato godere di questo piacere da solo. Ma nel momento in cui sto per tuffarmi sulla colazione, vengo distratto da qualcosa tra i cespugli. Lancio un'occhiata in direzione degli arbusti spogli e noto un fagiano. Non l'avevo visto arrivare. Al che, mi accorgo che sono due. Evidentemente a caccia di cibo ruspano frusciando sulla neve.

– Ehi, vieni a vedere, ci sono due fagiani!

T'immagino dentro la baita, e parlo a bassa voce. Trattengo il fiato, contemplo la presenza dei fagiani. Temo che i tuoi passi possano far rumore e spaventarli.

Quand'ecco che si sente il frastuono della neve caduta dal tetto di chissà quale baita franare e riecheggiare per tutta la valle. I due fagiani ai miei piedi spiccano il volo, lasciandomi allibito. È stato in quell'istante: ho sentito la tua presenza al mio fianco, intensa al punto da far male. Senza dire nulla, mi hai fissato con occhi sbarrati.

Questo pomeriggio sono sceso per la prima volta tra le baite del villaggio sommerso dalla neve.
Conoscevo questo posto a cavallo tra l'estate e l'autunno, ma ora, vedendo le foreste, le strade e le case serrate tutte coperte di neve, sebbene possa riconoscere in quelle figure qualcosa di familiare, non riesco a ricordare l'aspetto che avevano prima. Tempo addietro, durante una delle mie care passeggiate, lungo il sentiero delle ruote idrauliche avevo scorto una chiesetta cattolica. Non mi ero reso conto di quando l'avessero costruita, ma ora quella meravigliosa creazione in legno grezzo e col tetto a cuspide è ricoperta dalla neve e ha iniziato ad annerire dal sottotetto fino alle pareti. La presenza di quello spettacolo rende tutto intorno a me sempre più irriconoscibile. Dopo di che, con qualche difficoltà, avanzo nel bosco in cui eravamo soliti passeggiare insieme. La neve è alta, ma dopo non molto riesco a individuare un abete che ha un non so che di familiare. E quando alla fine mi ci avvicino, sento provenire dai rami uno stridulo cinguettìo. Davanti a me c'è un uccellino che non avevo mai visto prima, color verde Nilo. Sbatte le ali per lo spavento, vola su un altro ramo e inizia a guardarmi quasi con aria di sfida. E poi ancora, si lascia andare in striduli cinguettii. Seppur a malincuore, devo allontanarmi.

7 dicembre

Tra gli spogli alberi del bosco accanto alla cappella ho l'impressione di sentire all'improvviso il verso di due cuculi. Sembrano estremamente lontani, poi incredibilmente vicini. Li cerco tra le foglie secche, tra i rami degli alberi e ispeziono il cielo. I cuculi, però, smettono di cantare.

Prima che mi sfiori il pensiero di essermi confuso, le foglie secche, gli alberi spogli e il cielo assumono nuovamente lo stesso aspetto di quell'estate, trasformandosi in una vivida epifania di ricordi nostalgici.

Eppure so perfettamente che è svanito tutto ciò che questo villaggio aveva di mio nell'estate di tre anni fa, senza conservare nulla per me.

10 dicembre

Per qualche motivo in questi giorni non riesco a rievocare un tuo ricordo vivido. Questi intervalli di solitudine mi sono insopportabili. Solo la mattina, quando sono irritato perché la legna che ho gettato disordinatamente nel camino non vuole prendere fuoco, percepisco la tua improvvisa presenza al mio fianco. A quel punto, mi tranquillizzo, e dispongo i ciocchi in maniera ordinata.
Il pomeriggio, invece, penso di fare una passeggiata fino al villaggio, ma a causa della neve che ha cominciato a sciogliersi le strade sono brutte e impercorribili, il fango appesantisce subito le scarpe e mi costringe a tornare indietro proprio quando sono a metà strada.
Al ritorno la neve si è già indurita, e avvicinandomi a valle posso tirare un respiro di sollievo. Corto, perché la salita è affannosa fino alla baita. Quando sono a casa, tendo a tirarmi su di morale recitando un verso del

Libro dei Salmi, da sempre nella mia memoria:
Se dovessi camminare per l'oscurità della valle della morte, non temerei alcun male, perché tu sei con me.
Ne ricavo però solo una mera sensazione di vuoto.

12 dicembre

Nel tardo pomeriggio sono passato di fronte alla chiesetta cristiana lungo il sentiero delle ruote idrauliche. Un addetto ai lavori era impegnato a spargere con cura cenere di carbone sulla fanghiglia originata dalla neve sciolta. Mi avvicino a lui, domandandogli con fare indifferente se la chiesa fosse sempre aperta, anche d'inverno.
– Quest'anno sembra che chiuderà fra pochi giorni – mi risponde, facendo riposare la mano con cui sparge la cenere. – L'anno scorso è stata sempre aperta, ma quest'anno il prete deve recarsi a Matsumoto.
– Ci sono credenti anche in inverno, in questo villaggio? – gli chiedo, indiscreto.
– Quasi nessuno. Nonostante questo, il prete celebra ogni giorno la messa da solo.
Mentre siamo lì in piedi a parlare, il prete fa ritorno da dove era andato. Credo sia tedesco. Evidentemente desi-

deroso di compagnia, mi ferma e inizia a farmi una serie di domande. Non comprende ancora abbastanza bene il giapponese e, alla fine, forse per un'incomprensione, sono caldamente esortato a partecipare alla messa di domani, che è domenica.

13 dicembre, domenica

Senza grandi pretese, alle nove del mattino mi reco alla chiesa. Il prete ha già dato inizio alla messa insieme a un diacono. Entrambi di fronte all'altare, sono illuminati dalla luce di piccole candele. Non sono mai stato un credente e non so come comportarmi, per cui, cercando di non far rumore, mi siedo su una delle sedie di paglia dell'ultima fila.
Mentre i miei occhi si abituano alla debole illuminazione dell'interno, noto che nella prima fila, che credevo essere vuota, nascosta all'ombra di una colonna c'è rannicchiata una donna di mezza età, interamente vestita di nero. Quando mi accorgo che è in ginocchio, sento i brividi del freddo penetrante della chiesa percorrere tutto il mio corpo.
La messa continua per circa un'ora. Poco prima della fine la signora tira fuori un fazzoletto e se lo porta al

viso, ma non riesco a capire perché. Nel frattempo, finita la messa, il prete si ritira nell'adiacente sagrestia senza nemmeno voltarsi in direzione dei fedeli. La donna è ancora immobile. Senza dare nell'occhio, esco dalla chiesa.

Il cielo è un po' nuvoloso. Porto con me un inestinguibile senso d'insoddisfazione, mentre vago senza meta sulla neve sciolta per le vie del villaggio.

Mi spingo fino al campo dove un tempo eravamo soliti andare a disegnare. Al centro spicca ancora quella betulla bianca. Solo le radici sono ancora coperte di neve. Travolto dalla nostalgia, allungo la mano per toccarla, e resto lì davanti finché sento le dita intirizzire. Eppure quasi non riesco a rievocare il tuo ricordo di allora.

Alla fine, travolto da un'inesprimibile malinconia, attraverso gli alberi spogli del bosco, e senza far soste risalgo la valle per tornare nella mia baita.

Stremato e senza fiato, senza pensarci mi siedo sulle assi di legno che costituiscono il pavimento della veranda. In quel momento, nella confusione dei miei pensieri, ti sento improvvisamente vicina. Voglio fingermi indifferente, e appoggio il mento su una mano. Ma sei viva, più di quanto tu non sia mai stata finora, tanto viva da farmi credere di sentire la tua mano appoggiata sulla mia spalla.

– È pronto in tavola.

La giovane del villaggio aveva atteso il mio ritorno e ora, dall'interno della baita, m'invitava a mangiare. Torno subito alla realtà, ma avrei preferito restare da solo ancora per un po'.

Entro nella baita con un'espressione inconsueta, e senza rivolgere una parola alla giovane mi dirigo verso il mio solito pasto solitario.

Ho lasciato che la giovane tornasse a casa nel tardo pomeriggio. Il mio umore è ancora nero, anche se dopo non molto mi pento per averla trattata in quel modo e torno sulla veranda.
Come prima (ma senza di te), senza rivolgere particolare attenzione a qualcosa, guardo in basso la valle ancora notevolmente coperta di neve, e scorgo che qualcuno sta lentamente salendo attraverso gli alberi spogli, avvicinandosi man mano in questa direzione. Continuo a osservarlo, chiedendomi da dove arrivi. Sembra in cerca della mia baita.
È il prete.

14 dicembre

Nel tardo pomeriggio di ieri ho fatto visita alla chiesa, come promesso al prete. Il giorno dopo, infatti, la chiesa avrebbe chiuso, e lui sarebbe subito partito per Matsumoto. La nostra conversazione è stata interrotta a più riprese per istruire l'incaricato sul come sistemare i bagagli. Ha più volte ripetuto quanto gli dispiacesse lasciare il villaggio, proprio ora che sembrava aver acquisito un nuovo fedele. Subito ho pensato alla donna di mezz'età, forse tedesca, che avevo visto in chiesa il giorno prima. Ma quando ho iniziato a chiedere di lei al prete, ho intuito per caso che poteva aver frainteso un'altra volta, e che stesse probabilmente parlando di me.
La nostra strana e incoerente conversazione era ormai al termine. A un certo punto ci siamo ritrovati in silenzio, a contemplare attraverso il vetro della finestra accanto al camino, caldissimo, l'azzurro cielo invernale

dominato dal forte vento che liberava in volo le nuvole dividendole in piccoli batuffoli.

– Un cielo tanto meraviglioso si può ammirare solo nelle fredde giornate di vento come questa.

Le parole del prete sembravano davvero innocenti.

– Già, solo nelle fredde giornate di vento come questa – ho ripetuto a pappagallo. Eppure, ognuna di quelle sue innocenti parole aveva davvero toccato il mio cuore.

Sono stato da lui un'ora appena, e quando ho fatto ritorno alla baita ho trovato un piccolo pacchetto. L'etichetta riportava il nome di due o tre libri tra cui il *Requiem per un'amica* di Rilke, che avevo ordinato tempo fa e che, dopo essere stato recapitato a vari indirizzi, era finalmente tra le mani.

La sera, dopo aver finito tutti i preparativi per poter andare a dormire, seduto accanto al camino e a intervalli accompagnato dal suono del vento, ho iniziato a leggere il libro.

17 dicembre

Nevica di nuovo. Continua incessantemente da questa mattina, e la valle davanti ai miei occhi torna a splendere di bianco. L'inverno si fa sempre più intenso.
Anche oggi ho trascorso la mia giornata accanto al camino, alzandomi solo occasionalmente per avvicinarmi alla finestra e guardare la valle delle nevi, tornando subito indietro per concentrarmi sul *Requiem* di Rilke. Mi fa provare uno struggente sentimento simile al pentimento, per aver continuamente invocato la tua presenza senza mai averti permesso di riposare in pace a causa del mio femmineo quanto debole animo.

Ho morti, e li ho lasciati andare
e stupivo a vederli così in pace,
così presto accasati nella morte, così giusti,
così diversi dalla loro fama. Solo tu torni

indietro; mi sfiori, ti aggiri, vuoi
cozzare in qualcosa che risuoni di te
e ti riveli. Oh, non prendermi quel che
lentamente imparo. Io ho ragione; sei in errore
se hai, commossa, nostalgia di
cose. Noi trasformiamo queste;
non sono qui, le riflettiamo in noi
dal nostro essere appena le riconosciamo.

18 dicembre

Ha finalmente smesso di nevicare, così mi sono addentrato nelle profondità del bosco sul retro.
Sono terribilmente affascinato da quel passare di bosco in bosco, talvolta sorpreso dagli spruzzi della neve che crolla in un tonfo dai rami di chissà quale albero.
Non c'è alcuna impronta umana, solo orme sparse di una lepre che deve aver saltato per tutta la zona. In ogni modo, il mio cammino incrocia quelle che sembrano essere impronte di fagiano.
Ovunque mi diriga ho l'impressione di trovarmi al centro di un'interminabile distesa di alberi, mentre nuvoloni carichi di neve hanno nuovamente ricoperto il cielo sul bosco.
Abbandonata l'idea di proseguire oltre, ho iniziato a percorrere la strada a ritroso, ma a un certo punto devo essermi sbagliato, poiché non trovo più le mie tracce.

Cado subito nello sconforto, ma continuo a procedere rapidamente nella neve, verso il bosco che ritengo trovarsi in direzione della mia baita, quando mi accorgo di sentire alle spalle un suono di passi umani, che non è l'eco dei miei.

È un rumore appena percettibile.

Senza voltarmi procedo veloce nella mia discesa.

Sono sopraffatto da un insieme di sentimenti che si contorcono nel mio cuore, e mi affido alle ultime righe del *Requiem* di Rilke che ho finito di leggere ieri, lasciandole scivolare dalla mia bocca…

Non tornare. Se lo sopporti, sii
morta tra i morti. I morti hanno molto da fare.
Ma aiutami lo stesso senza dover distrarti,
come mi aiuta a volte quello ch'è più lontano: in me.

24 dicembre

Trascorro questa triste sera di Natale ospite a casa della giovane. Il villaggio è tradizionalmente affollato di stranieri solo durante il periodo estivo, perciò i suoi abitanti apprezzano con gioia la possibilità di godere di un po' di compagnia anche durante la desolazione invernale.
Verso le nove faccio ritorno per la valle ombrosa illuminata dai riflessi della neve. Mi avvicino all'ultimo dei boschi spogli quando all'improvviso noto, sul pacciame che ricopre la neve a lato della strada, una piccola e fioca luce che arriva da chissà dove. Mi chiedo come possa una luce arrivare proprio in questo posto, e inizio a scrutare tutte le case di villeggiatura sparse per la stretta valle. Solo una, quella più in alto di tutte, ha la luce accesa, e sembra la mia.
"Ma com'è possibile? Io vivo da solo in cima alla valle", penso durante la lenta salita. "Non mi ero mai accorto

che la luce della mia baita arrivasse fin qua, penetrando tra gli alberi a fondo valle… Ma guarda – commento fra me e me, – piccoli punti di luce sono disseminati per tutta la valle, sparsi qua e là, e sono tutti generati dalla luce della mia baita…".

Quando infine raggiungo la mia baita, esco sulla veranda e resto ancora una volta ammirato dalla porzione di valle che questo posto riesce a illuminare da solo. E pensare che intorno alla baita la luce arriva a malapena. Per di più, allontanandosi dalla baita, sembra progressivamente affievolirsi e fondersi in un tutt'uno col riflesso della neve che percorre la valle intera.

"Ma come, è tutta qui la luce che si vede?" penso. Il mio entusiasmo è svanito, ma continuo a contemplare in solitudine i riflessi di quella luce. Poi, all'improvviso, un pensiero attraversa la mia mente.

"Il riflesso di questa luce è lo specchio della mia vita. Ora, intorno a me, non vedo altro che una fioca luminescenza alla quale corrisponde, esattamente come per quella della baita, una moltitudine di luci che brillano in lontananza… La quale, senza che me ne rendessi conto, ha permesso che io continuassi a vivere".

Sorpreso da quel pensiero, mi fermo a lungo, immobile sui miei piedi, sfidando il freddo, e contemplando dalla veranda il riflesso della neve.

30 dicembre

La sera è avvolta nella quiete totale. Anche oggi lascio che i pensieri affiorino liberamente dal profondo del mio animo. "La mia felicità non è superiore né è inferiore a quella degli altri uomini. Qualsiasi cosa essa sia, un tempo ci faceva stare tanto in pena da innervosirci, mentre oggi, quando lo desidero, riesco quasi a rimuoverla dalla mia memoria. Eppure sento che il mio stato d'animo attuale ha quasi raggiunto una condizione di felicità, certo più oggi di quanto non l'abbia mai fatto in passato. Potrei dire che somiglia alla felicità, ma con una nota di malinconia. Devo tutto a te. È solo grazie a te, o forse a causa dell'isolamento dal resto del mondo e della vita in solitaria, che un codardo come me è riuscito a vivere fino a oggi in maniera così spensierata. Eppure, Setsuko, finora non ho mai pensato che il mio vivere da solo fosse per te. Qualsiasi strada io scelga, lo faccio solo in base alla mia volontà e seguendo il mio egoismo. Quand'anche lo facessi per te, nella misura in cui penso di agire per me e solo per me, non significa forse che sono abituato al tuo amore più di quanto non meriti? Mi hai davvero amato tanto da non chiedermi niente?".

I miei pensieri non hanno fine. Decido improvvisamente di alzarmi e uscire dalla baita. Come al solito sono in piedi sulla veranda. Sento il vento soffiare forte in lontananza, proveniente dalla direzione opposta a quella della valle.

Continuo a stare lì, tendendo le orecchie a quel suono quasi come se fossi uscito sulla veranda apposta per sentirlo. Ogni cosa, in quella valle che si distende sotto i miei occhi, mi era sembrata all'inizio un unico insieme appena illuminato dai riflessi della neve. Ora invece, mentre la osservo, si staglia lentamente nelle proprie linee e nelle proprie forme. Quasi non me ne rendo conto, forse perché i miei occhi si sono gradualmente abituati a quella vista, o forse perché le immagini che conservo nella memoria ne hanno involontariamente integrato i contorni.

Ormai, tutto di questa cosiddetta *Valle della felicità* mi è familiare. È così, mi sono abituato a vivere qui, e credo che dovrei uniformarmi a tutti gli altri e chiamarla anch'io in quel modo.

Anche se dall'altra parte della valle il forte vento provoca un gran mormorio, qui tutto giace tranquillo. Solo talvolta si sentono scricchiolii arrivare dal bosco dietro la baita. Dev'essere il vento, che arrivando da lontano agita i rami secchi degli alberi l'uno contro l'altro. Le raffiche che riescono a oltrepassarli muovono a intervalli le foglie secche ai miei piedi. Si alza un debole fruscìo.

POSTFAZIONE
L'amore ai tempi della tubercolosi
di Anna Specchio

Tatsuo Hori frequenta le scuole superiori quando viene in contatto con la prima raccolta di poesie scritte da un autore giapponese: si tratta di *Aoneko* (Il gatto blu) di Sakutaro Hagiwara.

È il 1921, e Hori è uno studente della *Daiichi Kotogakko* (Prima Scuola Superiore) di Tokyo, dove si avvicina alla lingua e letteratura francese e tedesca.

Sin da giovane inizia a tradurre autori come Francis Jammes, Max Jacob, Guillame Apollinaire e si appassiona alla letteratura di Raymond Radiguet, Marcel Proust, André Gide e Reiner Maria Rilke.

Le influenze che questi autori esercitano su Hori si rifletteranno durante l'intero arco della sua carriera in quanto scrittore, comparendo declinate a seconda delle esigenze della narrazione, in tutte le opere dell'autore, che lo differenzieranno dagli altri scrittori di epoca Showa.

I romanzi europei sono appena approdati in Giappone, il cui mondo letterario si spacca principalmente tra le correnti *Shin-Kankakuha* (Neo-sensismo, tra i cui esponenti si può citare il Nobel Yasunari Kawabata) e *Shin-Shinrigakuha* (Neo-psicologia, a cui aderisce, tra gli altri, Ito Sei).

È difficile collocare Hori in un simile panorama letterario: raramente adotta la terza persona come soggetto dei propri romanzi, imponendosi in questo senso più vicino ai colleghi esponenti del *Watakushi-shosetsu* (Romanzo dell'io), ma come nota John Dale Rucinski: «nella sua prosa, Hori riduce il mondo a una minuta sfera di fiori alpini selvaggi, nevicate primaverili e delicati punti di luce che si posano sull'erba dopo aver filtrato attraverso i rami dei larici».

Da questo punto di vista, lo stile evocativo adottato da Hori si avvicina a quello della *Shin-Kankakuha*, per l'immediatezza delle sensazioni: la realtà è subito percettibile, ma è comprensibile nella sua totalità solo una volta svelati i misteri dell'animo e i più reconditi pensieri dell'uomo. Non a caso, nella prosa di Hori sono ricorrenti le descrizioni delle «delicate sfumature negli intimi sentimenti dei personaggi», monologhi vicini a flussi di coscienza e dettagliati resoconti degli stati d'animo, che lo avvicinano alla *Shin-Shinrigakuha*.

In ogni modo, quel che è certo è che Hori è senz'altro uno degli scrittori più all'avanguardia del periodo, e il suo talento viene subito notato dal poeta Muro Saisei, con cui entra in contatto nel 1923 su presentazione della madre.

In quell'estate, Muro conduce per la prima volta Hori nel villaggio di Karuizawa, tra i monti della prefettura

di Nagano. Muro ne è ancora all'oscuro, ma le sensazioni provate dal giovane durante quel soggiorno estivo e il suggestivo paesaggio di Karuizawa diventeranno una costante nell'opera dello scrittore (al punto che, nel 1933, dedicherà al villaggio un intero romanzo breve, *Utsukushii Mura*, Villaggio Meraviglioso).
Durante lo stesso anno, il contatto con Muro gli permette di conoscere tra gli altri Akutagawa Ryunosuke, del quale diventa discepolo e del quale compilerà, alla morte, la raccolta delle opere.
Il 1923 è anche l'anno del Grande Terremoto del Kanto, a causa del quale Hori perde la madre. Tuttavia, non accennerà mai, durante la propria carriera letteraria, a toccare questo argomento come fonte per i propri racconti. Il materiale primo per le proprie opere è, infatti, altro.
Dagli scrittori europei eredita i temi della mutabilità dell'io e della forza del tempo, dello scorrere delle stagioni e i cambiamenti della natura (Proust), del simbolismo e della religiosità (Rilke), e del flusso di coscienza (Joyce), accompagnati dall'influenza dei diari di corte di epoca Heian come il *Kagero Nikki*.
A proposito dell'influenza subita dagli autori stranieri, Dale Rucinski nota che: «la letteratura straniera per Hori era la fonte cui attingere per ricreare mondi altri – mondi di finzione che pur tuttavia rivelano l'essenza della vita». Eppure, come appunta Donald Keene, «i suoi debiti (nei confronti della letteratura straniera) sono talmente in sintonia con i protagonisti delle sue storie che raramente tradiscono un senso di estraneità».

Nel repertorio di Hori Tatsuo, trovano spazio anche diversi temi tratti dalla sua diretta esperienza, come la malattia, la morte o la fragilità della vita.
Hori stesso inizia a soffrire sin da giovane di problemi respiratori che culminano nella tubercolosi, che poi lo strapperanno alla vita nel 1953.
Più di due decenni prima, nel 1931, è ammesso a entrare nel sanatorio di Fujimi ai piedi del monte Yatsugatake, dove rimane da aprile a giugno, soggiorno al seguito del quale si reca nel villaggio di Karuizawa per scrivere *Kaifukuhi* (Cronache della convalescenza, 1931), il primo scritto sotto forma di diario e certamente prologo al successivo *Si alza il vento*.
Si alza il vento, del 1936, nasce per certo dall'esperienza della tubercolosi già descritta in *Kaifukuhi*, ma rimodellata sotto forma di sublimazione dell'amore che aveva provato per Yano Ayako, anche lei malata di tubercolosi.
Hori conosce Yano a Karuizawa, e si fidanza con lei nel 1934. Quando Yano si ammala di tubercolosi e sceglie di soggiornare presso lo stesso sanatorio di Fujimi che tre anni prima aveva ospitato il suo compagno, Hori decide di accompagnarla e rimane insieme a lei fino alla sua morte, in dicembre.
Si alza il vento è la cronaca del loro amore, della felicità che ha accompagnato i due innamorati fino alla fine pur nella consapevolezza che non avrebbero potuto avere un futuro. La trama in sé non è ricca, né culmina in avventure particolari: l'io narrante, alter ego di Hori, è uno scrittore che, durante la permanenza nel sanatorio, matura il desiderio di mettere per iscritto l'esperienza

dell'amore verso la malata di tubercolosi in maniera da poter dare una forma immortale perlomeno al loro amore, che risulta in questo modo come «ricco di reciproche premure, che manifesta la propria luce pura e cristallina pure se all'interno di un presentimento di morte». È una vita nella morte, che si spinge oltre la morte stessa.

Sebbene il romanzo sia diviso in cinque sezioni, la struttura è scomponibile in due parti principali.

La prima, che comprende *Prologo*, *Primavera* e *Si alza il vento*, è scritta sotto forma di racconto evocativo, costituisce il diario del soggiorno nel sanatorio.

La seconda, che comprende *Inverno* e *La valle dell'ombra della morte*, è relativa al soggiorno a Karuizawa e tratta della speranza di ricominciare a vivere dopo la morte dell'amata.

In particolare, nella prima parte la prosa di Hori è altamente suggestiva, e nella versione italiana qui presentata si è scelto – nel tentativo di trovare un equilibrio tra fedeltà allo stile originale e adattamento alla lingua italiana – di raccontare la prima parte attraverso l'utilizzo di tempi verbali al passato, passando poi all'utilizzo del presente per la parte del romanzo scritta sotto forma di diario, in maniera tale da conservare l'immediatezza delle sensazioni che lo scrittore intende trasmettere ai propri lettori e per sottolinearne l'irripetibilità.

Takahashi definisce il grave lirismo che caratterizza l'opera come un «segno del ritorno alla vita» da parte dell'autore stesso. In effetti l'ultima parte sembra quasi un diario – espiazione dove l'io narrante, pur colpevolizzandosi di non aver ricambiato abbastanza l'amore di Setsuko, e pur percependo come costante la presenza del suo spirito, sembra voltarsi alla vita. Sembra voler nuovamente *tentare di vivere*. Già, perché è questo il vero tema di *Si alza il vento*: il coraggio di vivere al meglio il presente, cogliere l'attimo, trascurando i contorni. E Hori lo spiega in maniera chiara sistemando intenzionalmente all'inizio del romanzo una citazione di Paul Valéry, tratta da *Le Cimitière marin* (Il cimitero marino, 1920), da cui trarrà il titolo del romanzo: *Le vent se lève, il faut tenter de vivre* (Si alza il vento, bisogna tentare di vivere).

Nel volume in giapponese, il verso è presentato nella traduzione di Hori stesso, che lo rende con 風立ちぬ、いざ生きめやも (Kaze Tachinu, iza ikimeyamo), che contiene il doppio significato, intraducibile in italiano in una sola frase, di 生きようか、いやそのようなことはない (Ikiyouka, iya sono youna koto wa nai), ovvero "Viviamo! No, di vivere non ci è dato", e di 生きようじゃないか (Ikiyou jyanai ka), espressione equivalente a un "Sì, viviamo!".

L'amore nella tubercolosi è quindi un sì alla vita, non lontano dall'accezione nietzschiana del termine: un sì che trasforma il dolore della malattia in felicità, e la lotta contro la malattia in armonia tra i due innamorati (sempre minacciata dalla morte: di vivere non ci è dato). Durante la narrazione, infatti, Setsuko ammette più volte di voler vivere:

– Tutt'a un tratto io… voglio vivere.

> Questa volta il tono era più alto, ma subito aggiunse qualcosa in maniera appena percettibile.
> – Ed è grazie a voi…

Ed è proprio nel momento in cui Setsuko dice *sì* al voler vivere a pieno i suoi giorni nonostante la piena consapevolezza della morte incombente, che scaturisce la felicità e la voglia, anche da parte dell'io narrante, di vivere appieno:

> I giorni trascorsero all'insegna della felicità precedente alla vita. Eravamo più vivi della vita stessa, vivi al punto da esserne afflitti, tanto che quel verso improvvisamente scivolato fuori dalla mia bocca l'estate di due anni prima, e che amavo ripetere a me stesso, tornò improvvisamente tra noi.
> Si alza il vento, bisogna tentare di vivere.

La figura di Setsuko viene certamente presentata come languida ed eterea, docile e sottomessa.
Nell'originale giapponese si rivolge sempre al fidanzato utilizzando il linguaggio onorifico del *Sonkeigo*, reso nella versione italiana dall'utilizzo del *Voi*, sebbene egli si riferisca sempre a lei come *Omae*, *Byonin* o addirittura col più rude *Koitsu*.
L'amore di Setsuko nei confronti dell'io narrante è puro, e si rinnova anche nel momento in cui l'io narrante abbandona momentaneamente le sue attenzioni verso di

lei per rivolgerle al proprio lavoro. È rassegnata al proprio destino, trovando solo nell'amore una vittoria contro la morte. Non a caso, nell'ultima delle cinque parti che compongono il romanzo, Setsuko è presentata sotto forma di spirito ancora presente nella vita dell'io narrante. Lei continua a vivere nella memoria del ragazzo, dove rimarrà per sempre. Addirittura, con la citazione del Salmo 23 dell'*Antico Testamento*, Hori azzarda elevare la figura di Setsuko a divinità:

> Se dovessi camminare per l'oscurità della
> valle della morte,
> non temerei alcun male, perché tu sei con me

Come Davide è accompagnato dal proprio Buon Pastore, così l'io narrante sente la presenza della propria guida, che trova nello spirito di Setsuko.
È solo tramite il diario e gli appunti raccolti dall'io narrante durante il soggiorno nel sanatorio che lo spirito di Setsuko acquisisce una forma, permanente e accessibile a tutti i lettori. Il tema della religiosità, congiuntamente con l'esplicita citazione tratta dal suo *Requiem für eine Freundin*, è un debito che Hori deve a Reiner Maria Rilke. Come nel caso appena citato di Valéry, nell'originale giapponese la traduzione dal tedesco è dello stesso Hori Tatsuo:

> 私は死者達を持つてゐる、そして彼等を
> 立ち去るが儘にさせてあるが、
> 彼等が噂とは似つかず、非常に確信的で、

死んでゐる事にもすぐ慣れ、頗る快活であるらしいのに
驚いている位だ。只お前——お前だけは帰つて
来た。お前は私を掠め、まはりをさ迷ひ、何物かに
衝き当る、そしてそれがお前のために音を立てて、
お前を裏切るのだ。おお、私が手間をかけて学んで得た物を
私から取除けて呉れるな。正しいのは私で、お前が間違つてゐるのだ、
もしかお前が誰かの事物に郷愁を催してゐるのだったら。
我々はその事物を目の前にしてゐても、それは此処に在るのではない。我々がそれを知覚すると同時に
その事物を我々の存在から反映させてゐるきりなのだ。

[…]

帰つて入らつしやるな。さうしてもしお前に我慢できたら、
死者達の間に死んでお出（いで）。死者にもたんと仕事はある。
けれども私に助力はしておくれ、お前の気を散らさない程度で、
屡々遠くのものが私に助力をしてくれるやうに——私の裡で。

La versione italiana all'interno del presente volume è invece tratta dalla traduzione di Dario Borso stampata per i tipi del Ragazzo Innocuo, Milano 2007, condotta sull'originale presente nel Vol. I dei Werke, kommentierte Ausgabe in vier Bänden, hrsg. von M. Engel und U. Fülleborn, Insel Verlag, Frankfurt am Main/Leipzig, 1996, pp. 414 – 421.
Anche la citazione tratta dall'*Immoralista* di Gide, nel volume originale è di Hori Tatsuo in persona, e recita: 幸福の思い出ほど幸福を妨げるものはない (Non c'è niente che ostacola la felicità, quanto il ricordo della felicità). Anche il protagonista dell'*Immoralista*, come Setsuko e Hori, soffre di tubercolosi, ma a differenza di questi ultimi riesce a guarire, e da lì si ripromette di vivere a pieno il presente.
Comunque si guardi alla vita, questa è presto strappata alla volontà di Setsuko, della cui morte veniamo a conoscenza solo tramite riferimenti indiretti nell'ultimo capitolo, il diario che, a un anno dall'abbandono del sanatorio, l'io narrante scrive una volta fatto ritorno a Karuizawa.
Inizialmente permeato dalla presenza dello spirito di Setsuko, il soggiorno dello scrittore presso il villaggio si trasforma lentamente in un recupero della memoria dell'amata e di una rassegnazione al proprio destino di vivente. E, a mano a mano, anche quella valle inizialmente ostile e velata dall'ombra della morte, diventa rifugio per l'inizio di una nuova esistenza.
Del vento della vita che li aveva caratterizzati, alla fine, non rimane che una folata, ai piedi dell'io narrante. Che di nuovo deve di tentare di vivere.

GLOSSARIO

a cura di Anna Specchio e Andrea Baricordi

Byonin: letteralmente "persona malata".

Furoshiki: tradizionale pezza quadrangolare di stoffa decorata, utilizzata per trasportare oggetti in un pratico fagotto che può avere diverse forme in base alle pieghe e ai nodi realizzati. Utilizzato fin dal XIII-XIV Secolo, oggi lo si usa soprattutto per avvolgere elegantemente i regali.

Haori: sorta di corto soprabito formale maschile, che dal 1912 entrò a far parte anche dell'abbigliamento femminile in una variante più lunga.

Happi: giacca tradizionale giapponese in tessuto o cotone, caratterizzato da stampe di simboli araldici giapponesi. Inizialmente indossato dalla servitù, e quindi caratterizzato dallo stemma della famiglia di appartenenza, oggi viene utilizzato da commercianti, artigiani e chiunque appartenga a un gruppo per identificarlo, quasi come una uniforme. È spesso indossato nelle feste tradizionali giapponesi.

Koitsu: termine alquanto rude usato per indicare un'altra persona, traducibile in italiano con "questo/a".
Monte Asama: alto 2.568 metri, separa la prefettura di Yamanashi da quella di Gunma, ed è in realtà un vulcano ancora attivo.
Monte Yatsugatake: montagna appartenente alle Alpi Giapponesi, alta 2.899 metri, di origine vulcanica, che separa la prefettura di Nagano da quella di Yamanashi.
Nitoushitsu: compartimento di seconda classe. All'epoca, le classi dei treni erano divise in prima, seconda e terza, e un compartimento di seconda classe del tempo può essere paragonato a quello delle *green car* dei treni giapponesi contemporanei, più simile alla nostra prima classe, dove i sedili sono più larghi rispetto a quelli a quelli delle carrozze di seconda classe e sono separati da una piccola distanza gli uni dagli altri.
Omae: "tu", usato per lo più nel linguaggio maschile per indicare la propria fidanzata.
Sanatorio F.: si riferisce al sanatorio tra i monti Yatsugatake nella cittadina di Fujimi, nell'attuale prefettura di Nagano, dove l'autore stesso pare essersi recato nella speranza di guarire la propria tubercolosi. Oggi il sanatorio si chiama Koseiren Fujimi Kogen Byoin (Città della salute dell'altopiano di Fujimi).
Showa: periodo della storia giapponese che va dal 1926 al 1989, durante il quale Hirohito era imperatore.
Sonkeigo: linguaggio onorifico che esprime il massimo rispetto nei confronti dell'interlocutore, e che non va assolutamente mai utilizzato per parlare di se stessi.

Susuki: *Miscanto sinensis* o erba elefantina. È un tipo di graminacea molto diffusa in tutto il Giappone.

Tabi: calzino tradizionale giapponese caratterizzato dall'alluce separato dalle altre dita.

Villaggio K.: si tratta del villaggio di Karuizawa, nella prefettura di Nagano, luogo turistico visitato sin dai primi anni del Novecento anche da molti stranieri. Appare spesso nei racconti di Hori poiché egli stesso vi aveva soggiornato, insieme anche ad altri poeti e scrittori del tempo, tra cui Akutagawa Ryunosuke (*Kappa*, *La scena dell'inferno*), Hakucho Masamune (*Kotoshi no Aki*) e Sasei Muro (*Anzukko*). Oggi è sede del Memorial Museum di Tatsuo Hori.

Indice

Finito di stampare
nel mese di aprile 2014
presso GRAFICA VENETA Spa – Trebaseleghe (PD)

IL CASTELLO ERRANTE DI HOWL

di Diana Wynne Jones

ISBN 978-88-98002-07-8

A Market Chipping può succedere di tutto, specialmente quando la Strega delle Terre Desolate perde la pazienza. Sophie si ritrova così trasformata in una vecchia ed è costretta ad affrontare un lungo viaggio per sconfiggere la maledizione. Per riavere la sua giovinezza stipulerà un patto col potente Mago Howl, entrerà nel suo castello sempre in movimento e domerà un demone del fuoco blu…

Da questo romanzo, l'omonimo film animato di **Hayao Miyazaki**

IL CASTELLO IN ARIA

di Diana Wynne Jones

ISBN 978-88-98002-51-1

Il potente mago Howl è scomparso col Castello Errante e il demone del fuoco Calcifer, così Sophie parte alla loro ricerca sotto mentite spoglie. Intanto, il giovane Abdullah si rende conto che le sue fantasie iniziano ad avverarsi una dopo l'altra: potere dell'immaginazione o merito del misterioso tappeto sul quale dorme ogni notte? E cosa ha a che fare Howl con tutto questo?

I secondo romanzo della trilogia

Il castello errante di Howl

LA CASA PER OGNIDOVE

di Diana Wynne Jones

ISBN 978-88-98002-61-0

Charmain Baker trascorre le sue giornate tra i libri, finché un giorno scopre con sorpresa che il prozio William è un potente mago e che la sua casa si sposta nello spazio e nel tempo.
Fin dal suo arrivo dal misterioso parente, Charmain farà una serie di incontri sorprendenti, ma la sua vita prenderà una piega davvero inaspettata solo quando incontrerà Sophie, il demone Calcifer e il terribile mago Howl!

I terzo romanzo della trilogia
Il castello errante di Howl

KIKI
CONSEGNE A DOMICILIO

di Eiko Kadono

ISBN 978-88-98002-12-2

Compiuti tredici anni, la streghetta Kiki parte per il suo apprendistato: dovrà trasferirsi in una città e affinare per un anno le sue tecniche di magia svolgendo un normale lavoro… da comune mortale! In compagnia del petulante gatto nero Jiji, Kiki si stabilisce nella splendida Koriko, a casa di due panettieri, e inizia a occuparsi di consegne a domicilio, a cavallo della sua preziosa scopa di saggina.

Da questo romanzo, l'omonimo film animato di **Hayao Miyazaki**

CONAN IL RAGAZZO DEL FUTURO

di Alexander Key

ISBN 978-88-98002-48-1

Il più disastroso conflitto mondiale di ogni tempo causa maremoti e terremoti che innalzano le acque degli oceani fino a sommergere i continenti. Il destino del giovane Conan, naufragato da solo su un isolotto, è quello di divenire uno degli elementi più importanti per l'alba di un nuovo mondo. Con lui la dolce Lanna, sullo sfondo della sperduta High Harbor e della grigia Industria.

Da questo romanzo, l'omonima serie animata di **Hayao Miyazaki**

SHERLOCK HOLMES

di Arthur Conan Doyle e Hatsuki Tsuji

ISBN 978-88-98002-04-7

Il celebre detective di Sir Arthur Conan Doyle è un vero segugio… in tutti i sensi! Un'insolita avventura di Sherlock Holmes ambientata in una Londra ottocentesca popolata unicamente di animali antropomorfi, con indagini degne dei romanzi originali, ma con un pizzico di azione e divertimento in più.

Il *manga* de *Il fiuto di Sherlock Holmes*
popolare serie TV di **Hayao Miyazaki**

UNA TOMBA PER LE LUCCIOLE

di Akiyuki Nosaka

ISBN 978-88-98002-11-5

Giugno 1945, durante la Seconda Guerra Mondiale le forze armate americane attaccano il Giappone con bombe incendiarie.
Seita è ancora un bambino, e durante la fuga per la sopravvivenza con la sorellina Setsuko, perde di vista la madre. I due bambini sono costretti a vagare soli tra le macerie di Kobe.
Questo romanzo ha ricevuto il prestigioso Premio Naoki Sanjugo nel 1967.

Da questo romanzo,
l'omonimo film dello Studio Ghibli